我係社工，搵人輔導下我

唔該

蘇珍珍＆陳潔潔著

目錄

序

那一天，我送了一位社工入精神病房。

「社工都要人輔導？唔係啩。」

「你做社工就好啦，咁高人工。」

「你做咗社工仲有咩好擔心啫？」

「你係社工嚟㗎，點會咁都搞唔掂呀？」

以上的對白，由讀社工開始，我們就經常聽到。每個行業都總有它的刻板印象，行外人總是有百般的誤解，社工都一樣。例如大家以為社工一定好識安慰人，更一定識得處理自身的情緒。社工，不會不開心。

事實上，安慰別人只佔社工工作好少部分，而面對人生的高山低谷、百般苦難，輔導技巧及心理學的知識只能應付極少部分的情境，更多是靠個人對生命及苦難的理解、看破及放下去面對。情緒更是與生俱來，不會因幾年的大專、大學訓練就可應付自如，分別是社工要找人輔導自身就非常困難。

大家以為做社工一定好穩定，拿了社工牌就人工與前景都穩定。這個看法對於在社會福利署工作的同行可能沒錯，但對於在非政府機構工作的同行未必。的確，如果進入了社會福利署，成為了公務員，在人工及工作穩定性上都會有相當的保證。一來人工跟隨 MPS、二來只要沒有嚴重失德行為就好難被炒、三來社署每三至四年就會轉同事部門，即使一時三刻被上司針對，捱幾年就過去。

但在非政府機構工作的社工就非常不同，除非加入為數極少的良心機構，否則在零三年後加入的社工，不是被壓起薪點就是在薪點中位數就停止加薪。而穩定性則更沒有保障，有些同工會因為管理層「計錯數」而被迫離職、有些同工會因為管理層改變方針而整個部門被消失、有些做先導服務的同工會因資助中止而被迫再搵工。最慘的情況是有一個漠視同工發展的高層，視社工為棋子，用完即棄，的確會令同工心灰意冷。

其實，好多社工根本與一般打工仔一樣，都是「人在風暴中，無奈的打轉」，身不由己。

不同的是，我們的工作不多不少要承擔別人的生命。我們做前線需要對個案講心、講熱誠、講不計較，但上司機構總是與我們講合約、講指引，而最殘忍的是，前線工作的工作表現總是

與同工評核項目無關。我們對個案要充滿人情味，但機構上司卻極少與同工講人情味。

這種近乎精神分裂的對待，是社工最難面對的處境。在處理面對個案不同苦難的同時，自己則在被衡工量值的處境，有部分同工難以在此環境工作，有少部分更有精神健康的狀況出現。

我最難以忘懷的情景，是把一個社工送入精神病房。即使我如常地評估、介入，把這位社工送入精神病房的一刻，不禁有點悲傷的感覺，也不禁想像自己會否有被送入精神病房的一天。

這本書其中最大的目的，就是告訴大家社工的不同面向。

社工，也只不過是凡人。

陳潔潔

I

成「工」之路

社會工作及註冊社工

◦～～～◦

社工,是指社會工作,是由英文 Social Work 翻譯過來的,它指的是非盈利的、服務於他人和社會的專業化、職業化的活動。在國際社會,這類活動還被稱為社會服務或社會福利服務。由於各國、各地區的經濟社會結構不同,具體問題不同,解決問題的方法不同,因此人們對社會工作內涵的表述也有所不同。國際社會工作者聯會(IFSW)曾於二十世紀九十年代進行全球調查,發現各國對社會工作的定義大同小異。我們可以說,社會工作是在一定的社會福利制度框架下,根據專業價值觀念、運用專業方法幫助有困難的人或群體走出困境的職業性活動。

想要在香港成為合資格的註冊社工,必須修畢受認可的社會工作課程(詳情可參閱社會工作者註冊局「認可學歷名單」),這些學歷在依據所有指明的情況下,均為社會工作者註冊局認可,作為社工註冊之用。在呈交社會工作學歷的畢業證書影印本及相關文件到社會工作者註冊局後,在一般情況下,註冊局於收妥所需文件及費用後的約十二個工作天內完成處理申請的程序及審批,若成功申請,將會收到批准信函、註冊證明書及註冊證,這時便正式成為一名受認可的註冊社工了。

註冊成功之後,大家其中一項最關心的定必是社工的薪酬水平。

社會福利署對資助機構的薪酬撥款是以 MPS（Master Pay Scale，總薪級表）作參考，持有文憑學歷的社會工作助理，起薪點為「Point 9」，薪酬為「$21585」，頂薪為「Point 22」；而持有大學學位的助理社會工作主任起薪點為「Point 16」，每月所得「$31685」，頂薪為「Point 33」。但在整筆過撥款下，社署是以每個職級的薪酬中位數來向機構撥款，所以大部分機構的頂薪點是以中點薪酬來計算。

意思是同一個職位，例如 SWA 以 MPS 2018 來計算，本來頂薪點是「Point 22」的「$42330」，但現在大部分機構給予僱員的頂薪只到達中點即「Point 16」的「$31685」。

這樣的薪酬差異造就大批社工在意興闌珊、追求較穩定生活的情況下，或放棄自己最有興趣的服務類別、服務已久的個案、熟悉的工作環境，轉而投考符合職位薪級水平的社署，間接導致了一些服務人手的流失。其實在相同學歷、相同工種的情況底下，各社工所得有所不同，政府及非政府機構理應作出檢討，才能避免分化及同工不同酬的不合理狀況。

成「工」之路

社會工作的使命與任務——
「十項全能」的社工

社會工作的使命與任務是甚麼呢？或許可以由社會工作這個名稱開始說起。社會工作之所以稱之為「社會」工作而非「個人」或「心理」工作，是因為我們明白個人所面對的困苦，是與「社會」有著糾纏不清的關連。簡而言之，個體所遇到的苦難，在一定程度上是與社會制度互動之後的結果，與社會政治和文化結構有著深厚的關係。所以面對個體的苦難，我們社會工作不會把問題全部歸因於個人的心理情感問題，進而責難受害者（Blame the Victim）。相反地，面對個體的苦痛，我們是帶有社會想像力（Sociological Imagination）去理解問題，思考微觀個體問題與宏觀社會結構的種種關連。當中包括有性別、階級及種族等意識形態及具體社會政策制度的不公的影響，而學習結構社會工作的意義就在於此。亦正因理解個人問題是社會問題的縮影，我們社會工作其中一個使命就是提倡社會公平與公義，期望帶來更好更平等的社會環境，使身處其中受苦的一群有更幸福美滿的生活與生命。

然而，擁有社會想像力不等於不著重個人工作，個人本身要面對的情感傷痛、無力軟弱同樣是我們重視的範疇。所以如何透

過個人工作帶領人走出黑暗的幽谷，重新在人生的旅途上站起來，甚至協助案主在生命中成就自己、實現自我等，皆為社會工作員希望掌握的技藝。要達成上述理念，除了要使用介入技巧，更要以工作員本身的真誠去打開案主的心窗，建立信任和坦白的工作關係。

可是慢慢地我們會發現，個人問題有一定程度上與其家庭的狀況有關係。不論是不同世代家庭成員之間的價值衝突、愛恨交纏的動態連繫，或是在家庭不同發展階段中一言難盡的矛盾，皆對個人的發展有重大影響，家庭工作的重要性亦在於此。即是說，在某一些個案中，如不把理解問題的視角進入家庭的層面，再而進行家庭工作，某些個體的問題是難以疏解的。

當然，社會工作少不了小組工作，面對各種困苦的個人，透過連接他們，以達致灌注希望（Instillation of Hope）、一般性（Universality）及情緒宣泄（Catharsis）等的效果。社會工作員在小組工作中的任務就是促成上述效果的發生，因此對組員彼此之間到全個小組的動態的掌握，計劃小組流程以促進小組發展的策略以及在同時間引發每一個組員的強項，最後把小組的主導權交予各個組員，皆是小組工作員所需要的能力與意識。要具備上述的條件，才能將小組獨有的魔力發揮出來。

不過正如早前所說，案主面對的問題某程度上是其身處的社會政治文化結構問題的縮影，即是說不管個人或家庭面談做得如何出色、小組工作做得如何細膩，甚至案主真的有突破性的成長，亦未必能夠解決他們所面對的困境。因為他們根本不是問題的根源，根源只在於不利他們的環境，社區工作亦由此而生。所以工作的主線會以社區關係作為推動力，透過發展社區本身得天獨厚的既有資本，達到改善區內居民生活質素及使其重獲生活的意義及尊嚴，實踐充權的深意。

除了上述的四個層面，我們還要注視在介入過程中的道德、倫理、文化、性別及靈性的問題。究竟我們如何理解及處理在介入過程中所遇到的道德問題？是將道德價值放在一邊，還是在工作過程中實踐我們所相信能為社群帶來美好的道德呢？再基本一點，甚麼是我們應該堅持的道德呢？抱歉，我也不能給予一個標準答案。那又何解要留意文化呢？我們所學的西方心理學、社會學及社會工作手法背後的價值觀對人、對靈性、對「幸福」（Well Being）的理解是否可以一成不變地應用在不中不英的香港社會？更不要說在香港社會中有著不同文化的社群。例如一個土生土長的香港人與新來港的人對美好家庭的定義會否有共識，還是有著根本性的不同？美好人生又是否可以脫離家庭層面去達致？如果本身對美好的哲學觀有所不同，我們又能否簡單地判斷甚麼是「非理性思想」（Irrational Thought）？

面對靈性的問題，又何以住在老人院的長者去睇相、睇風水時社工要作出批准與否的考慮，但當長者要求去基督教或天主教的禮拜聚會卻有不同的對待？工作員又是否覺醒自己理解及判斷上微妙的差異？

社工其實和十八銅人沒有太大分別，十八般技藝都需要精通，更不用說在實際工作環境上千變萬化的變項、工作員所需要的應變能力。所以說，要實踐社會工作的使命與任務，我們能夠不「十項全能」嗎？要做一個對得自己對得人的社工，說來容易做起難。

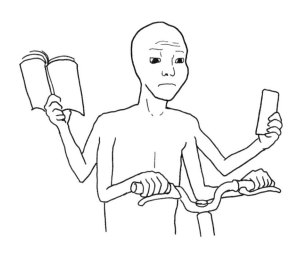

社工個案工作七大原則

相信每一個社會工作者在求學時期一定學習過個案工作的七大原則，這猶如社工的《葵花寶典》，協助我們在輔導關係中打通案主的任督二脈，達致真氣能量運行周身，血脈暢通，諸病遠離。

究竟甚麼是七大原則呢？其實這是貝斯提克神父（Rev. Felix P. Biestek S.J.）在他的著作《個案工作關係》（The Casework Relationship）中提出的，他指出「個案工作關係」的定義是「有目的地協助案主達到個人與環境較佳的調適的一種個案工作者與案主之間，在態度與情緒上的動態互動」。而對這互動，必須具備以下七大原則：

1. 個別化（Individualization）

每個案主都是一個獨立的個體，他們不希望被貼上標籤和比較，不論是生理、心理、環境因素、成長背景等方面，案主都是獨一無二的，社工在面對案主時，無論案主背景或經歷與其他人如何相似，社工都要了解每個個案的特質，並運用專業知識和技巧，為每個案主量身訂做只屬於他的服務計劃。

2. 有目的的情感表達 （Purposeful Expression of Feeling）

與案主面談時，社工須專注及有目的地聆聽，不打斷或責備案主發言，並且接納案主展示的敵意或負面的情緒。輔導時，社工應該儘量建立一個舒適的氣氛與環境，鼓勵案主暢所欲言，並專心凝視案主，適當分析、判斷及釐清案主傳遞的訊息及感受，讓案主感到工作員了解自己。

3. 有控制的情緒涉入 （Controlled Emotional Involvement）

最佳的溝通是互動及雙向的，在面談過程時，社工適當的情感介入，能給予案主心理上的支持，讓案主有安全感。而工作員對案主的觀察及聆聽尤其重要，因為部分案主可能不願意表達某些事情，但通過工作員細心的觀察和聆聽，便可加以引導及鼓勵，讓輔導過程更為順暢。

4. 接納（Acceptance）

不論案主的行為如何，工作員應無條件地接納案主，讓案主可以自在地在工作員面前展現出來。工作員可以解釋、釐清案主行為背後的原因與動機，但絕不帶有任何批判的意味，不評論案主行為的對錯，但接納並不代表贊同，而是讓案主可以毫無包袱地暢所欲言及接受社工的協助。

5. 非判斷的態度 （Non-judgemental Attitude）

工作員應儘量理解案主，不批判案主是對是錯，也不會對案主的情感、思想、行為的是非、好壞或應負責之程度，做價值的評斷，採取中立的態度，設身處地體會案主的感受，用客觀的角度給予案主適當的幫助，協助他處理問題。

6. 案主自決 （Client Self-determination）

每個人都有權力及能力為自己做決定，所以工作員必須避免給予案主不適當的承諾跟建議，誤導案主的抉擇，要讓案主面對自己的問題和負起抉擇後所要承擔的責任，才能使案主達到自我成長。

7. 保密的原則 （Confidentiality）

在輔導的過程中，案主通常十分信任社工，會向社工透露許多個人的資訊，因此工作員需要完全保密這些資訊，尊重案主的私隱，即使案主沒有要求保密，也應該遵守專業守則，這也是案主的法定權利，這才能使案主願意並放心傾談。

此七項個案工作原則成為往後社會／輔導個案工作者建立專業關係的準則。這工作原則雖不等同於社會工作者之專業守則或專業關係的準則，但卻在輔導關係中協助工作者與案主建立良好關係，提供更為適切及人性化的服務。

社會工作中的專業關係

根據書籍及網上資料，社會工作的專業關係是專業、也是助人關係，這種關係的建立必須以一種特定的目的為基礎。案主在自願或非自願的情況下來向工作者尋求協助時，案主和社會工作者在談話中情緒和感受相互交流接觸，所建立的關係，透過這個相互交流的過程，讓案主對工作者產生信賴，工作者也協助案主解決問題。

目的

工作者和案主是平等及合作的關係，無條件的尊重和關心，把案主視為有尊嚴的人，對於與案主相關的任何事無條件地接納和認可；並且工作員和案主相互交流的過程中，工作者營造一個自由舒適的環境，可以讓案主自我探索、自我開放並且自我信任。而對工作者和案主而言，專業關係是有一特定的目的，以整個專業的目的和價值觀為基礎，這種有目的的互動關係包含了三種面向：

1. 規範性目的（Normative Purpose）

根據社會工作員的角色及服務目標，明確地指出應該發展和建

立何種性質的關係，哪些性質可以被接受和不能被接受的。在規範性的目的下，決定了社會工作員該如何對待案主，允許和期望表現何種態度和行為。

2. 操作性目的（Operational Purpose）

主要是用來改變和使案主社會生活系統達致健全，使案主有能力去面對和解決問題，並且了解和改變案主的價值。專業關係的目的是要能實際運用在真實的狀況之中。

3. 個人性目的（Individual Purpose）

因為每個人所遇到的問題跟需求都不同，專業關係的性質也會隨著案主處境的不同而有所差異，所以必須制定個人性的目的。

專業關係的基本要素

1. 關懷他人（Concern for Others）

工作者須無條件肯定案主生活的信念，不評價案主的態度，只關心案主的情緒及面對的問題，提供專業知識跟技巧，積極、主動協助案主解決問題。讓案主在接受輔導的過程中，盡量做

他自己和他想做的事。

2. 承諾和義務（Commitment and Obligation）

專業關係是一種契約關係，也是一種承諾關係，透過契約的建立，使工作者和案主產生一種責任感和義務。個案工作因為有了信任的契約關係，才能使專業關係更有意義和效率，使輔導過程更為順暢。

3. 接納（Acceptance）

接納並不是自然而然發生的，而是基於一種對人價值的肯定和尊重的信念。工作者應視案主為獨特及有價值和尊嚴的個體，展示尊重的態度，使案主重拾信心，肯定自我價值。

4. 同理心（Empathy）

同理心是指工作者能夠設身處地、感同身受了解案主的心情和感受，並能保持客觀的態度，站在案主的立場理解案主的主觀世界，方能為案主提供適切及符合他處境的建議。

5. 清晰的溝通（Clear Communication）

工作者與案主面談時，應該清楚表達自己的想法與意見，當案主感到疑惑時，應當仔細分析及釐清，讓案主能夠完全理解。

6. 真誠（Genuineness）

真誠是發自內心，不虛假、不欺騙他人，真實地表達自己的感受跟想法，並且透過一致性的語言和非語言的行為，聆聽案主的表述，讓案主感到安全與信任，但也要注意避免過度關心案主，讓案主產生依賴或情感的投射等反效果。

7. 權威和權力（Authority and Power）

「權威」是指一種影響力，而「權力」是一種責任與職責，當人遇到問題或經歷困難時，會傾向尋找一個擁有專業知識或技巧、可以協助自己解決問題的權威人士或專家。社工本身所擁有的知識及技巧，能使案主感到可信，從而引導案主思考問題和解決問題的方式。關係中若沒有任何權威因素，則案主不容易受社會工作員影響，但工作員應當切記權力是用來解決問題，而不是用來操作案主。

社會服務其實有好多種

◦〜◦

大眾或部分專業人士可能會以為社工不過是同人傾下偈、講下心事,以為社工全部都做同一件事,但其實在不同類型的服務中,社工的工作內容及性質都大有不同。

現時在香港的社會服務包括有:兒童及家庭服務、青少年服務、康復服務、長者服務、社區服務等,同時亦有附屬在其他體系的服務,如:醫務社工和學校社工等等。要在一篇文章詳細講解全部服務是沒有可能的,唯有非常簡單地向各位淺述部分類型的服務。

1. 兒童及家庭服務

兒童及家庭服務中有兩種服務是較為多人認識的:綜合家庭服務中心(IFSC)及保護家庭及兒童服務課(FCPSU)。綜合家庭服務中心以家庭作為單位,跟進各家庭林林總總的問題,由處理資源有關方面(如個案的生活所需),到家庭關係方面(如單親家庭或夫妻關係)。而值得一提的是,家庭服務中,社工的個案數量十分多,基本上是忙得不可開交。而保護家庭及兒童服務課,行內稱為「重案組」,專門處理家暴、伴侶暴力及虐兒的問題,全數為社會福利署的單位,工作員的前線及

文件工作（不時要向法庭交文件）都十分沉重，工作員的個案評估及介入水準要求都十分高。

2. 青少年服務

青少年服務以綜合青少年服務中心及外展青少年服務（日間外展、深宵外展）為兩大主要服務。綜合青少年服務中心中的社工，主要提供活動及小組服務予兒童、家庭及青少年（只有少量單位提供個案服務），基本上要在暑假放假是沒有可能的，部分機構同工會在假期累積相當多的超時工作（例如去七至八個宿營），但被機構以各種行政手段扣除工時。值得一提的是，整筆過撥款之後，早年借遊戲機或康樂棋等的服務大幅減少。青少年外展服務本來以個案為主，跟進較有危機的青少年，而且社會福利署對服務數字的要求相當合理，可惜有不少機構會指示工作員申請不同基金以擴大勢力，令工作員苦不堪言，最可悲是減少了接觸個案的時間。

3. 康復服務

康復服務主要分為殘疾人士服務及精神健康服務。殘疾人士服務對象包括身體殘障如視覺、聽覺或肢體殘障和智力殘障等；精神健康服務則專注處理有精神健康問題人士。簡單來說，如果希望投入殘疾人士服務，加入特殊學校會是較穩定的選擇，

因為人工跟教育局薪級表，脫離整筆過撥款機構，能夠到達頂薪點。當然同工需要定期進修以跟從教育潮流，如考取多張特殊教育文憑就更加理想。精神健康服務的困難之處，在於社會對精神病患者不接納，現時有幾間精神健康綜合社區中心仍然未有固定中心，主要是因地區勢力反對，以致社工需要在快餐店面見個案。

4. 長者服務

長者服務的需求愈來愈大，主要提供活動的長者鄰舍中心、長者地區中心到提供住宿的安老院等都是長者服務。而虐老問題亦愈來愈受關注，值得大家留意的是，首先保護家庭及兒童服務課是不處理虐老問題，而現時還未有專責單位去跟進虐老事宜，相關個案暫時仍是分給長者地區中心及綜合家庭服務中心。政府對長者需要的忽視，從安老院舍的環境（比監獄環境差）到提高綜援年齡等議題上可見一斑。

5. 社區服務

社區服務本來是最貼近社會工作理念的工作之一，透過了解社區居民的不同需要，向政府表達社區所遇到的問題及不公，以改變不公不便的政策或措施。但近年部分社區服務，慢慢偏向軟性維穩服務多於堅持社會公義，其中在市區重建隊的社工，

面對的兩難愈來愈明顯，經常要在「愛公義還是愛飯碗」之間選擇。

當然還有很多服務未能詳述，但本文想帶出的是，同是社工，在不同的服務類型需要的技能或面對的困難都十分不同，同工的性格特質亦有所分別。如果你真的想做社工「咁睇唔開」，不妨想想自己想投身哪類服務。

（如欲了解更多，可參考社會福利署網頁：www.swd.gov.hk）

社工的同理心

◦〜〜〜◦

同理心（英語：Empathy）是一種將自己置於他人的位置，並能夠理解或感受他人所經歷的事物的能力。同理心與同情心並不相同，同理心指能夠站在對方立場設身處地思考、於人際交往過程中能夠體會他人的情緒和想法、理解他人的立場和感受，並站在他人的角度思考和處理問題。

同理心的作用具體來說，就是進入並了解他人的內心世界，並將這種了解傳達給他人的一種技術與能力。在人際間的相處和溝通裡，「同理心」扮演著相當重要的角色，若能易地而處，設身處地理解他人的情緒，感同身受地明白及體會身邊人的處境及感受，便可適切地回應其需要。而就算是自己的看法與他人不同時，也能夠理解對方在心理、情緒或行為上的反應，不過能夠理解他人並對他人感同身受，並不一定也代表能夠認同。

在修讀社會工作學系之前，也許是成長環境或家庭教育影響，我並不是一個很有同理心的人，大概自我中心比較強烈，看待事情和體會別人的感受多以自身角度出發。記得中學時與朋友第一次到剛落成的朗豪坊逛街，當一起搭乘跨越幾層樓、長長的電梯時，朋友害怕得連腳也震起來，緊緊抓緊扶手。當時我還取笑她膽小，說這樣的高度不是甚麼大不了的事。

當大學時，教授向我們傳遞同理心是在助人關係中一個很重要的條件，我方才意識到自己原來一直缺乏理解他人感受的能力。可幸的是，後來通過兩次實習及歷奇訓練，令我同理心大大提升。例如一次攀柱的體驗中，由於每一步也要靠自己利用小木塊插入柱子的空隙中形成腳踏向上攀升，在愈爬愈上並且離地面愈來愈遠的時候，即便是平時沒有一點畏高的我，腳也開始不由自主地抖動起來，這令我想起那個害怕搭扶手電梯的朋友，在那刻，我才透徹了解到她的恐懼。

雖然對於個案的遭遇，我們並不是可以透過確切而具體的相同體驗來感受案主的感受，但可以通過學習傾聽服務對象的感覺、經驗、行為，體會服務對象的感受、情緒，例如：高興、生氣、悲哀、害怕等等，並找出這些感受的可能經驗、行為、情境。最後告訴服務對象你所體會到的感覺、經驗和行為，從而達到同理心的表現。

在社會工作中使用同理心的目的，是為了建立良好的輔導關係，讓對方知道你試圖了解他們的立場。當你能夠同理他人時，對方常會覺得被接納或被關懷，因此更能自在地和你談談他的感受，又可以減少導致爭端的誤會或猜測，使雙方可以繼續溝通。

其中，同理心依其反應情緒及語言之適切度，可概分為四個層次，重點在情緒之適切及同理程度。

例如當案主滿臉傷感來求助，說自己太醜了，所以很少有同學願意和他做朋友。

層次一的同理心表現會回答：「看起來你可能並不是那麼漂亮，但樣貌和人際關係並沒甚麼關係吧？」

層次二的同理心會回答：「聽起來似乎你很在意你的外貌？」

層次三的同理心會說：「聽起來似乎你很在意你的外貌！而且你希望能交到朋友？」

層次四的同理心會這麼說：「聽起來似乎你很在意你的外貌，而且您希望能交到朋友，但是因為你外在的因素讓你遭遇到一些挫折？」

當建立到更高層次的同理心，社工便能正確理解服務對象，敏銳覺察服務對象的內在感受，並運用符合服務對象感受的語言，協助其改變。

成「工」之路

在理想與實際之間的社工

社會工作員身在錯綜複雜的社會文化脈絡，要為問題作出改變的確很難。而更難的是，社工本身亦是身在情境中的個體。身在情境脈絡中的社工，意味著他不是獨立於現存社會結構及其問題上的個體，而是同受其影響及制限的個人。即是說，不論在現今風雲色變的社會福利生態、日漸衡功量值的管理意識，抑或忽略人本服務根本信念的專業魔咒中，社工亦不可能置身事外、獨善其身，單單憑信念憑愛心去服務我們的服務使用者。

我們要面對種種不同的期望與要求，關鍵是這些不一定都有利於我們的服務對象。舉例說，整筆撥款津貼與服務投標的制度，的而且確增加了社會服務的透明性，亦刺激了社福界拓展不同種類的服務方向，提高社會服務進步的積極性。不過與此同時，我們的工作便要與量化性交代脫離不了關係。效率、效果成了衡量工作員甚至是衡量機構的指標，如在津貼及服務協議下，我們一定要在有限時刻「交足數」，更要運用極多本來可以接觸社群的時間去處理文件以交待工作。

而更悲哀的是，社福機構的高層不但沒有為這些本末倒置的措施作出反對，還要把之視為拓展機構勢力的黃金機會，嘗試以最不合理的工資與人手提供最優質最有效的服務為賣點，投得不同類型的服務。進取不是錯，善用政府資源亦很合理，不過把社會服務商業化至極致時，我們便應該問：還可不可能真正的服務有需要的人？舉一個很普遍的例子，很多社福機構現時社工流失率高，每三四年，社工就變得面目全非，每當同事開始掌握工作時就轉職，實務智慧又如何轉承呢？試問如何能進行既深入又人本的社會工作呢？有些事在大環境中不是個人努力便可克服的，社工亦是一樣。

而要在這個既荒謬又弔詭的社福生態下立足，社工便要實際地滿足政府、機構及社會的期望，才可以生存下去。因為實際的資源是服務的必要條件，社工不可能脫離基本資源去工作，而要獲得資源，多多少少都要向現實低頭。使命、理想彷彿成為了不切實際的同義詞，不少現職社工都告訴我，在殘酷的現實環境，使命和理想，做完手頭上的工作再說吧。不過我們要認真想想，社會工作，沒有理想這個元素又可不可以呢？沒有理想，為甚麼要堅持做一個人工不高、吃力不討好的社工呢？好多社工堅持的理由好簡單，因為大家還有想幫助的人，還有理想，還有與服務使用者同行的心，才會留守在這行業。

問題是：在理想與現實之間，我們究竟如何自處呢？如何面對當中的矛盾與掙扎呢？除非你當社會工作僅僅是一份謀生的工作，即只要有人工就一切都無問題；否則如果你把社會工作視為一種生命實踐，矛盾、徬徨、掙扎等感受就會像我們的影子一樣圍繞在整個社會工作的生涯，甩不掉、揮不去。那麼出路在哪呢？

社工要在同時間扮演既顛覆又妥協的兩個角色，在制限的間隙中掙扎生存，實踐理想。即是說，要在殘酷的現實生存又保持信念，先要在制度下活著，以關係的力量擴大工作生存空間，抓緊一線機會，做到我們堅守的事！說來容易，其實當中最難的是醒覺和忍耐。舉例說，每位同事總會升職，到我們去到中層時，可以訂立計劃同工的待遇時，可否用比較合理的薪酬呢？可否計足同事的超時工時呢？或在間隙中保留最大的人情味呢？忍耐不公及醒覺讓自己不成為不公的人，可能是當中最難做的事。

2

苦「工」之路

社工入職篇之見工啟示錄（一）

做社工，同大部分工作一樣，首先要見得成份工！「吓，社工都要見工㗎咩？唔係讀完書就得咩？」係，冇錯。喺香港地要註冊做社工，只須修畢認可社工課程就可以申請做「註冊社工」。

第一次申請來講，主要做兩件事，一就係去宣誓，表明自己係冇犯過事、冇刑事紀錄嘅人。咁犯過事有案底係咪就做唔到社工呢？唔一定嘅，但要交返刑事紀錄詳情等註冊局批。

第二就係交註冊費，而家新申請就要五百蚊，之後就每年交四百蚊續期。今年仲好有心咁，註冊成功後回返二十蚊支票畀你。話說我真係咁大個人都冇見過二十蚊支票，以我有限智慧，真係諗唔明點解唔一開始收三百八，我收到嗰刻仲係度諗：究竟處理咁多二十蚊嘅支票行政成本要幾錢。

總之註冊完你會獲得一張社工證，咁你就可以合法咁自稱自己做社工。係，係自稱㗎啫，因為如果冇機構請你，其實嚴格來講，你都唔係做緊社工。

而最重要係，自稱社工係冇人工㗎！

咁見工無非都係睇下有咩空缺先，跟住申請。要留意嘅係，雖然好多機構會同時畀 Email 同地址你，但係我都係勸你記住要寄信，即係 Email 同信都一齊 Send，原因自己諗。好啦，咁見工無非都係筆試同面試，或者淨係得面試。有啲一次定生死，有啲去到 Third in 都有。講開又講，有筆試要你二十分鐘寫份計劃書，我真係想叫班上司高層用同樣時間寫份有用嘅計劃書畀我睇下；又有叫你寫自己點解適合呢份工，純係自吹自擂。有極少量機構嘅見工真係問返同職位相關嘅嘢，所以佢哋做嘢真係叻啲。

講咗咁耐都未入正題，其實我最想分享係一次面試嘅問題。話說嗰次見工係小組形式，都係自我介紹呀，前線情境題呀咁，非常大路，所以都幾順利咁。

直到最後階段，個台型出眾嘅面試官就問：

「大家都知道我哋機構 Underpay，如果有一日大家出席同學聚會時，發覺其他同學都搵得多過你時，你覺得點？」

結局下回分解。

社工入職篇之見工啟示錄（二）

上回講到見工遇著個高層好有台型咁問：「大家都知道我哋機構 Underpay，如果有一日大家出席同學聚會時，發覺其他同學都搵得多過你時，你覺得點？」

全場靜咗。我哋六個人以半圓形嘅方式圍圈坐喺到，本來先前嘅「點解想做社工」、「呢種情況點處理」等問題，大家都預備充足，口若懸河，比起當年考公開試更主動，大家發言間隔幾乎喺「0.02」秒之內；但一聽到呢條問題，大家即時呆咗，全場靜到聽到房出面嘅阿姐傾偈。

足足靜咗三十秒……

「呢條問題係咪好有挑戰性呢？」

阿高層仲好得意洋洋咁問。大概佢以為我哋靜咗係因為覺得個問題太難，一時之間唔識點答。

事實不然，話說我哋呢六個人其實互相識得大家，嗰種識純粹係見到面認得同吹兩嘴咁啦，而我地見工時都早到等入場，當日新聞就報咗部分「肥上瘦下」社福機構名單，即係前線人工

就 Underpay，高層人工就 Overpay。而面前呢位意氣風發嘅高層，正正就係嗰啲 Overpay 仲有紅分嘅仆街。

而我哋等緊入場時，又正正討論緊呢間「肥上瘦下」嘅機構。

A：「今日聽新聞講呢間嘢 Underpay 㗎，高層人工仲要高過社署，唉都唔知入唔入呢間做好。」

B：「吓，我諗住係咪都見咗先，咁未有人請可能都要硬食，唯有當儲經驗囉。」

C：「咁其實都冇咩機構足 Pay 㗎啦，又未考 CRE，我都係諗住做住先咋。」

D：「咁冇經驗，唯有儲下經驗之後先搵返 A 仔囉，唔係點啫。」

總之大家都係抱住做住先嘅心態去見呢份工，點知佢無恥到問埋啲咁嘅問題，我哋呆咗。而條問題難，唔係難在於點答標準答案，而係難在一個抉擇，一個係咪成為狗奴才嘅抉擇。

標準答案其實好簡單：「我選擇做社工唔係為人工，希望入貴機構其實因為我認同貴機構嘅服務理念……」（大家做得呢行邊個唔識講門面說話，大家創作多幾百個 Version 都得啦！）

你可能咁諗：「吓，咁你哋都係諗住拎經驗先來見份 Underpay 嘅工，做咩咁介懷。」

係，可能因為窮，可能因為真係好鍾意呢個 Setting，大家來見工之前都已經預人工會少啲，又講真冇人會介意剛畢業時起步慢啲辛苦啲，所以大家先會去見呢份工。

我哋真正介意係呢位高層唔單止要喺人工上剝削同工肥大自己，仲要同工去歌頌佢哋嘅剝削行為，真係嚇采我哋嘅係，佢唔止想請廉價社工，佢係要請一個有奴性嘅廉價社工。

呢次經驗畀我嘅啟示係，雖然大部分同工組織都將整筆過撥款責任歸於社署，但其實諗深一層，社署喺政策上其實冇逼機構「肥上瘦下」，更加冇逼呢位高層做個無恥嘅人。剝削同工、「肥上瘦下」從來係呢班機構高層嘅選擇。只不過大家估唔到呢班機構高層個個掛住張社工證，但又成為最無良嘅僱主！

社工何價：出路何在（一）

喺呢個行頭裡面真係有好多人受緊被剝削之苦，卻又無處可訴。現況係只要你仲留喺社福界，除非係入咗社署或者係某幾間公道嘅機構，唔係嘅話 Underpay 同 Midpoint 停嘅情況就離唔開你，特別係當大家仲留喺前線嘅時候。咁問題係大家訴完苦、大叫完，跟住點呀？出路喺邊呀？

咁咪儲夠經驗去社署或者嗰幾間可以穿頂嘅機構囉，的確係辦法來嘅。事實上之前識得個中心副主任（佢間機構 SWO 之前都係每個位低一至兩個 Point），係做咗成六、七年先升到副主任，當佢老細都以為佢會留低發展嘅時候，毫無先兆下佢入咗去社署。

入社署、醫管局的確可以保證穿頂（到達頂薪點），而且有保障（結構問題，三年轉一次單位好難界人針對死，最多調你守水塘），但係除咗教育署，大家入去好可能要「重新做人」，即係工作經驗化零，由起薪點重新計過。而比較有良心嘅機構，好多時無論你有幾多年經驗，都係最多計返你兩年年資，話之你有十年經驗，最多界返兩個 Point 你。

留喺度又要被剝削，出去又要界人斬年資甚至係「重新做人」，

個困境直情係「球證、旁證、足協、足總、足委，全部都係我嘅人，點同我打呀」咁絕望，講真真係唔知出路喺邊。事實上，我都冇靈丹妙藥畀大家，不過我覺得如果大家仲想留喺社福界，又仲想改變呢個狀況，仲有方法可以試下。

改變，始於記憶。

記得一位同事，佢份人平易近人、聽聽話話，甚得老闆歡心。咁當時其實佢人工唔算低，做 ASWO 位但係就畀低咗幾個 Point 佢。有一日我留意到佢枱頭掛住咗一份月曆（唔記得邊個組織出嘅），封面寫住每個學歷與唔同年資應得薪酬，只要大家一望佢個位就一定睇到份月曆。代表緊咩？即使當時老細對佢好好，機構都係鼓吹大家「要有心、唔好計較」嘅風氣，但佢冇忘記佢被人剝削咗幾多錢，最終一完約佢就走。我非常欣賞佢呢種風骨。

要改變「社工何價」呢個狀況可能唔係一時三刻，但首先千祈唔好被迷惑，更加唔好對被剝削習以為常，永遠記住自己畀人剝削咗幾多錢，咁先有可能改變。

正如你去報案想話畀人打劫，連畀咩人打劫同打劫咗幾多錢都唔記得，仲要好似冇嘢發生咁，警察想開案都未必開到，咁真係幫你唔到。

社工何價：出路何在（二）

早幾年有位同行，一直有為著 Underpay 嘅情況同老細講數，直到一次機緣巧合之下發現第二個部門嘅一位朋友竟然足 Pay（起薪點來㗎咋），從嗰日起佢冇再同老細嘈，反而將矛頭全面指向佢朋友，由當面單打到背後放箭，最終完全 Unfriend。其實足 Pay 只不過係拎返應有嘅人工，事實上嗰位朋友都畀人漠視年資已經收少咗，根本冇做錯事。真係錯、真係欺壓同工嘅，係畀海鮮價嘅老細。

香港著名哲學家黃子華先生喺二零零三年嘅《冇炭用》棟篤笑中提到關於香港人比較心態嘅重要現象——「魚蛋論」。理論主要係講喺一個比較嘅情況之下，例如大家付出同等價錢買魚蛋時，如果自己所獲得嘅魚蛋比別人少一粒，最令人開心嘅情景唔係自己多返一粒而皆大歡喜，而係要「我少咗一粒，人哋都要少返粒」，先至係最令香港人期待嘅畫面。

所以當打工仔發現同事升職加人工，心裡面第一個諗法通常都唔係希望自己都快啲升職加人工，而係「有冇搞錯呀？佢咁都升到職加人工，真係冇天理！」所以喺職場管理學上面，如果上司想離間一對出生入死嘅拍檔，最有效唔係打壓佢哋，而係

是但升其中一個職或者加是但一個人工，咁呢對拍檔就好大機會自己鬼打鬼，上司就自然坐收漁人之利。

當然上述情況同我哋現時面對緊嘅剝削困境不盡相同，但因眼前嘅比較蒙蔽雙眼，而忘記背後操縱一切嘅「大老虎」，的確係我哋社工爭取返應有人工嘅一個障礙。

要每一個人為別人有公道待遇而開心可能係天方夜譚，但至少應該要認清邊個先係真係剝削你欺壓你嘅人，咁先有爭取嘅出路。

社工何價：別將邪惡合理化

做社工應該有幾多人工呢？其實政府一路都有好清楚嘅指引。由 SWA、ASWO、SWO 到 CSWO 嘅薪酬點標示得非常詳細，咁點解有部分社工人工會被 Underpay 呢？原因係整筆過撥款嘅政策，以薪酬中位數作基準來向機構撥款，同時容許機構自由運用撥款，只要你完成到津貼服務指引（FSA）就可以了。

咁當時大部分機構就怕當一定數量同工到達頂薪點時，人手支出就會多過撥款，令機構入不敷支，所以訂立 Midpoint 停（即將薪點中位數作頂薪點）。

咁你可能覺得奇怪，咁最多都係影響同事頂薪，點解有機構連起薪點都低過人呢？

唔計有被社署恆常資助嘅機構，有部分機構覺得既然可以「自由運用」，咁點解唔減下新仔人工，以用作機構發展，例如開新服務等等，反正新仔都冇聲出㗎啦。

係剝削同工方面，有啲機構做得比較愚蠢，當年一減就減到萬三蚊做起薪點（間機構好有錢），好快佢哋就承受惡果，大量逃亡潮令佢哋加返足人工。

有機構就陰濕啲，將 ASWO 位變做 SWA，又或者係設立聽落去好似同政府架構唔一樣嘅「社工 123 制度」，變相減低部分學位社工嘅人工。又有另一種玩法係將一個全職位變做二分一，甚至係四分一嘅兼職，而兼職淨係界前線時數，或者極少準備時數，大家都要喺屋企進行工作，以同工 Home Office 令效益最大化。

容許我再三強調，上述行為係機構「自由運用」方法，係機構主動選擇去用各種方法去剝削同工，而被剝削對象通常係有經驗或者係最前線同工。

而呢班老細高層同時係道德綁架天才，每當大家發聲時，就會用「社工唔止係一份工」、「為錢唔好做社工」等等正義論述去壓你，過分啲就順手屈你貪錢同冇心做服務。

點解係屈呢？因為我哋唔係貪心想要多於應得嘅人工，我哋一路都係講緊要返由政府訂立同批出嘅人工，咁樣一啲都唔貪心。社工同呢個社會所有職業一樣，唔係免費㗎，收返應有人工從來唔會導致大家冇心做服務。

班高層成日都要機構最窮嘅階層捱義氣，今日有醫生喺新聞講得好好：「義氣唔可以捱一世。」何況「捱義氣」同「搵笨」係兩樣嘢！

點搵笨法？

首先被剝削嘅人工，究竟用咗喺邊度呢？全部投放喺服務對象身上？從過往幾年被新聞報導嘅情況來睇，並唔係咁。有部分管理層嘅人工高於社署同類職位人工，甚至有花紅！

有機構會將同工薪酬 Underpay、Midpoint 停嘅責任歸於社署：

「因為整筆過撥款，所以要 Midpoint 停（薪點中位數）先可以維持機構財政，個制度係咁都冇辦法。」

講個情況畀大家聽，有部分機構中心主任（SWO）以上職位嘅薪酬點就可以穿頂，即係到達頂薪點，但係前線同工就要 Midpoint 停。

如果係因為政策問題，全機構同事都要減人工或者係唔可以到達頂薪點，我會覺得係環境問題，大家唯有去面對。但係事實係呢班高層係收足甚至收多人工咁去叫前線同事一齊「揸義氣」，仲要講成理所當然。

呢啲就係搵笨！

最後想講，啲老千文雀呃咗你錢，起碼都會同你講聲「多謝老細」。

剝削完你仲要屈你貪心，邪惡程度好比屈盲人偷睇國家機密。

社工何價：Backpay 之戰的啟示

話說當年，即係二零一四、一五年，社福界爆發咗一段 Backpay 之戰。首先 Backpay 係咩呢？

即是咁，社會福利署對資助機構嘅人工撥款是以 MPS（Master Pay Scale，總薪級表）作參考，SWA（社會工作助理）的薪點 是由 MPS 第「9」點到第「22」點，而助理社會工作主任則由 第「16」點到第「33」點。正如之前提過，在整筆過撥款下， 社署是以每個職級的薪酬中位數來向機構撥款，所以大部分機 構的頂薪點是以中點薪酬來計算。

太複雜？其實好簡單，即係同一個職位，例如 SWA 以一七年 MPS 來計算，本來頂薪點可以去到「22」點「$40505」，但 係而家大部分機構去到中點即「16」點「$30320」就停。

而 MPS 基本上每一年都會調整，好似第「9」點咁，一七年係 「$20265」，去到一八年就係「$21585」，如無意外，各位喺 機構做嘅社工就會跟住加。政府計算人工支出係以財政年度咁 計算，即是由每年四月一日計到下年三月三十一日，但係撥款 通常都唔會四月就到，可能要等到年尾先會撥到落機構。而大 部分機構都會等撥款批咗或者係到機構手先正式加人工。

例如當年係九月先加返足人工，Backpay，就係畀返喺四月至九月人工差額。好似上面嘅例子就係（$21585-$20265）X 6=$7920嘅差額，咁有部分算死草或者叫偷雞嘅機構，決定唔發還Backpay畀離咗職嘅同事，即使政府撥款原意係畀同事加人工。

點解機構會咁惡呢？因為喺機構可以「自由運用」撥款嘅原則下，無法阻止機構咁樣剋扣同事嘅人工。而令各同工最意想不到嘅係，機構可以咁唔自律，只要冇後果，即使偏離撥款原意，佢就會做。

而最重要係，佢覺得冇人敢出聲。

因為行內最怕麻煩友，公開出聲隨時被行家封殺，再加上申請每份工都需要前僱主意見或推薦，被剋扣差額離職同事大多敢怒不敢言。所以喺一四、一五年之前，剋扣Backpay嘅機構不斷增加，差啲就變咗「行規」。

喺一四、一五期間，有工會就出咗個「無良機構」逐個捉活動，各機構同工一發現畀人扣Backpay就通報，令各行家睇清楚邊間機構會扣人咁仆街，結果仲推上報。當然當年有幾間機構仲好硬頸咁唔認錯改正，仲屈同事貪心，但係令大部分機構都唔敢再扣人Backpay，甚至特登逐個同事出信詳細講解畀返幾多你。

總括來講，Backpay 之戰真係有效果。

所以今日，要改變社工待遇，特別係面對剋扣社工人工、專門 Underpay 嘅無良機構，首先係要令全世界都知。你可以暗地 Send 晒畀所有工會，令全行甚至全世界都知邊間機構剋扣人工咁仆街，令同事有得選擇時唔做嗰啲機構，甚至令大眾停止向無良機構捐錢。

Well，你屈我錢，點解我唔落你面？

苦「工」之路

社福界小人國

社福界如同呢個世界嘅各行各業一樣，總有幾個小人喺附近。

又有可能因為社福界嘅工作唔似商業機構：大部分機構嘅工作環境相對穩定，唔會話突然倒閉又唔會話突然賺大錢，升職又主要靠年資冇話可以一升升上神枱。喺咁穩定又了無新趣嘅工作環境，如果同事唔係真係咁熱心喺服務上面，又真係幾悶。咁悶又冇咗目標，有咩做好呢？結果講是非同職場宮心計成為班冇咗目標同事嘅解悶方法。

好似大家睇宮廷劇咁，一開始都係抱住無聊解下悶嘅心態咁睇下，點知愈睇愈上心，睇到以為自己係束宮賢妃，咁人哋就一定係西宮奸妃啦。呢種自製假想延續故事嘅極危險心態，令一班冇咗目標嘅同事成日都喺身邊搵奸角，同時成日覺得自己就係正義使者，又或者係被害者。

試過喺一間社福界老字號返工，講真當時係抱住非常積極嘅心態去做，因為當時天真嘅我真心覺得入到間有理想嘅機構係一種福分。

事實不然。

原來喺一間跟 Point 足 Pay 嘅老字號裡面，人事係非常穩定。即係中心主任基本上已經有二十年年資、阿副主任又係有二十年年資、大部分學位社工入到呢間機構都係只能由文憑社工做起；學位社工位又少，喺一個僧多粥少嘅情況下，每一個有學位嘅同事（你有冇心上位係另一回事），都會被一班餓咗好耐嘅同事當成競爭對象。之但係咁，單憑前線服務，其實係好難證明你比其他人優秀，因為百貨應百客，大家最多都係做好手頭上四十至七十個個案就好，唔同工作員自然有唔同特長去做好唔同個案組群，好難比高低。

所以要喺社福界上位，今時今日無非都係靠三個得：一，抵得。肯硬食更多工作，以證明自己能幹與忠心。二，寫得。寫得多資源返來，幫機構擴充。三，睇得。能夠將平平無奇嘅工作包裝成睇落好似好犀利嘅表達能力。呢三個得，講真，我覺得冇錯，講真搵食啫，邊個唔想升職發財加人工，而且樣樣都要有一定實力付出，大家都係為勢所逼。

但總有一種人，想升職但又想 Work-life Balance，空有想法但又唔肯做多少少功課去發展服務，又冇料又扮唔到四條。咁點算呀？自古以來，踩人上位乃小人傳統，以是非金手指達致踩人目的，為自己打造較能幹嘅形象。

講返嗰時去到間老字號，抱住一腔熱誠咁入職，點知一返工就中咗重感冒。咁冇理由一返工就請病假，唯有食粒感冒藥頂硬上啦，嗰兩個星期撞正要開會同聽講座。平時做嘢呢，點眼瞓都頂到，但係你知社福界開會呢，通常都唔係要大家討論有營養嘅議題，主要係大家表達下大家各自做咗幾多嘢，同討論下放 OT 放大假嘅原則等等；最過分嗰次係檢討同事點解唔鎖返活動室嘅門，同一位紫色頭髮嘅同事投訴太多金毛青少年出現喺中心。講真，你有病冇食藥都想瞓啦，我病咗同食咗藥就直情瞓埋啦。

咁話說有一日又要帶住病去聽講座，聽聽下又瞓著咗，咁有一位同事就發現我做咗沉睡中的主角。佢冇當場拍醒我，完場食飯時佢都冇訓示冇話我，大家就如常咁叫嘢食，吹下水咁。

咁老細同大老細同其他大粒嘢吹完水來 Join 食飯，就喺老細同大老細一坐低嘅一秒，佢本身係同其他同事傾緊偈，即刻施丹轉身咁大聲指住我個頭講：「咦，你頭先瞓著咗喎。」神奇、頂級、超卓，都唔能夠形容佢把握時機嘅能力，唔做足球員好明顯係浪費佢才能。佢咁精準，咁我當然要硬食被人闹啦，呢單嘢要去到嗰個星期尾，做攤位時差唔多暈咗被同事抬上的士先平反到。

想做一個專心服務個案嘅社工，首先要識得點應對呢班無聊小人。

小人，唔會因為拎咗個社工牌就唔係小人。

約服務仲難過 Cut 有線寬頻

因工作關係，成日都要幫個案約返去精神科覆診。

有時候約個精神科覆診期，仲難過 Cut 寬頻。因為好多個案總係有唔同原因冇去覆診，結果甩咗個期，又冇再約返。

喺某啲地區，精神科門診係提供條專線畀你約個期。但係專線通常都係「專」到得一個人一條線「專門」咁聽。好嘅聯網，打唔通直接就「嘟嘟嘟」聲，而冇聯網就會播下唔同錄音，玩成五分鐘再同你講遲啲再打過來。

咁點幫佢哋約？其實唔難，你只要有一節時間，邊打文件邊不停重撥，憑住恆心同耐力打返十幾廿次，總會打得通嘅。

跟住先係真正難關。

接線生：「點解唔叫佢自己打來？」

我：「因為我都用咗一節時間先打得通畀你，個案話冇咁嘅耐性，而且佢而家得儲值卡，冇咁多分鐘。」

接線生：「咁都要佢自己做㗎？」

我：「係嘅係嘅，我再提醒下佢。」

接線生：「咁佢而家住邊呀？」

我：「佢冇地方住㗎，而家流浪緊。」

接線生：「咁都有地址㗎？」

我：「唔，佢暫時仲未有固定嘅地方流浪。」（佢真係有地址呢！）

接線生：「咁點寄期紙畀佢呀？」

我：「唔，你介唔介意 Fax 畀我哋中心？」

接線生：「我哋唔會 Fax，淨係會寄咋。」

我：「唔，因為佢冇地方住嘅關係，你寄佢收唔到㗎。」

接線生：「咁佢到時覆診先拎囉。」

我：「唔，因為佢未有綜援，所以要你張期紙，我哋先可以早幾日同佢去社署申請豁免紙，如果當日先申請，我怕又整唔切，到時又太遲又要再約期。」

接線生：「等我問問同事先，你電話幾號貴姓呀？」

（下刪一千字）

經歷咗十幾個來回，終於，你終於幫個個案約到。

講真呀，唔係個案有需要又有藥食，我都唔想特登用一節時間幫佢哋約期。我明，診所嘅行政角度好多嘢要顧及。

但係正如冇人會幫你登入煤氣戶口幫你交煤氣費；我哋社工冇事冇幹都唔會幫個案約期。

如果可以節省呢啲時間，相信足夠我做多個個案。

苦「工」之路

報警 L：社工報警與否嘅掙扎

◦〜〜〜〜◦

報警 L，意思係淨係識報警報串而唔係真心幫助個案嘅社工。

成日喺網上論壇睇到有人話社工係專業嘅「報警 L」，又有次喺報導睇到有同行講社工之所以成為「報警 L」，係因為怕被人問責，先至咩都報咗警先算，但求唔使「瀨嘢」。特別係個同行講嘅嘢，令我睇完覺得既無奈又無辜，因為佢漠視咗前線同工所面對嘅真實掙扎。

其實好多時要掙扎究竟報唔報警呢個問題，心裡面都係好矛盾。利申先，可能係基於服務性質嘅關係，我從未試過以舉報罪案為出發點去報警，基本上每一次掙扎究竟報唔報警，都係基於擔心個案嘅生命安全而掙扎，特別係表示想自殺、傷害自己及家暴嘅個案。

「我想死。」每一次聽到呢句對白，都會令我嘅腎上腺素上升。

有一類情況係危急得來唔需要猶疑嘅，例如有一次個女士打畀我：

「我而家喺樓梯口，你幫我同阿強講，如果佢而家唔嚟搵我，我就跳落去！」

「係……」就喺呢一秒，我個腦即刻諗起幾個問題：而家要點做好呢？首先當然係要知道呢位女士而家究竟喺邊呢？而我究竟有冇阿強電話呢？點先可以拖住佢等佢唔好跳住呢？

「好，我而家即刻用另一個電話打畀阿強，不過你可唔可以講阿強電話畀我知？仲有我要叫阿強喺邊度搵你？」好彩佢都答晒我，當然跟住嘅挑戰就係搵阿強幫手。

「阿強你好，我係阿邊個個社工呀……」

「唔使講嘢，我唔會再理佢。」開場白都未講完，阿強就即刻答。

「明嘅明嘅，不過咁，情況就有啲危急，你可唔可以都幫手去一去現場，你真係唔想理佢嘅，你幫我送埋佢去醫院先走啦。」

又好彩阿強都應承我。結果警察同救護員好順利咁送咗佢去醫院，醫生都等佢冷靜先畀佢出院。呢啲情況雖然危急，但係唔需要掙扎猶疑，一句講晒最緊要快。

之但係有另一種情況，就係你真係唔知佢會唔會真係死，呢種先係難題。即係例如有個個案佢有精神病，但又唔食藥唔覆診，而最重要係佢極度討厭入醫院。咁有一次去探佢，發現佢精神狀況好亂，身上又有傷害自己嘅痕跡，咁勸佢睇醫生啦佢又唔想去。

咁掙扎就來啦。你強行報警送佢入院，佢又憎你，而且個危機又唔係咁明顯；但係佢唔睇醫生就咁由佢，你又驚佢真係唔小心出事。我好記得當時我喺佢屋企門口，聽住佢同幻覺對罵，同時又有物件拆除嘅聲音，諗咗十秒，我終於報咗警，最後勞動咗好多警察消防同救護先送到佢入院。

講真報咗警其實社工會有一大堆手尾要跟，包括同老細同佢屋企人交代，又要送到個案入病房先走得（兩三個鐘走唔甩），冇必要、唔會搞出人命嘅，我一定唔會做。仲有，最緊要係，畀你送入院嘅個案唔一定多謝你，更多嘅情況係會怪你令佢冇自由。

不過咁，有命先可以嬲人嘅，起碼保住條命，關係可以慢慢再重建。

重視生命，是我成為「報警 L」的原因。

嘆氣

◦〜〜〜◦

每當阿強喺個案工作上、服務開展上遇到不如意嘅時候，佢總係唔自覺咁嘆氣，深深咁嘆一口氣，然後苦思跟住點做好。

近呢一年，阿強的而且確覺得好多方面都到達咗樽頸位。

個案工作上，熟悉嘅個案類型做得算唔錯，甚至係愈做愈有成果，個案嘅進展亦非常明顯。但如同每一位工作人員，阿強總會面對一部分好難去處理嘅個案，即係諗極試極都冇咩進展，眼白白睇住個案喺困苦當中浮沉卻又未有出路，總會令阿強想起時苦惱非常，一邊嘆氣一邊反思，再而諗跟住點行。

又因為阿強呢種唔放棄嘅精神，有時真係諗到啲方法去帶動部分個案改變，但每個個案處境唔同，所以每次嘅方法都要度身訂做，喺度諗出路嘅過程，阿強仍然係不自覺咁苦惱地嘆氣。

即使有一百個個案有進展，總會有十個八個阿強係唔知點做，其實真係好平常，大部分做個案嘅社工都會遇到呢個樽頸階段。所以嘆完口氣，唔氣餒咁繼續度繼續試，係阿強面對呢啲樽頸嘅方法。

無論幾難做嘅個案，阿強都冇試過氣餒。

唔知大家有冇試過就住複雜難做嘅個案問上司意見，阿強就試得多喇。喺阿強嘅社工生涯中，的確有一兩位上司會同阿強一齊諗，甚至係指導阿強去處理，但係大部分上司嘅回應係：

「你點睇？」

「都冇辦法㗎。」

得罪咁講，就係講埋啲冇咩建設性嘅嘢打發你。

對於呢類上司，阿強其實都冇咩感覺，講真人各有志，都明白大家去到某個工作位置，仲要佢為每一個個案去設想，又或者係同每一個同事一齊行拍住上處理困難，真係妙想天開。

再講，其實大家都明白，喺而家呢個世代，前線工作嘅表現同老細對你評價往往係唔掛鈎。好少少嘅老細就睇數字，即係服務人次、基金數字，好現實但係夠公道。阿強都唔係離地嘅人，係數字方面總係有多冇少，因為阿強都知道老細都要交代，機構要生存總要話人知我哋做咗幾多嘢。

「冇咩嘅。」

既然遊戲規則係咁，阿強都盡力咁維持平衡，呢種情況從來冇令阿強氣餒。

真正令阿強氣餒嘅，係佢上司喺同佢做年檢時，用半個鐘質問阿強點解成日嘆氣。

阿強當場呆咗，差啲唔識反應。

阿強完全諗唔到，當你老細唔鍾意你，又諗唔到講咩嘅時候，原來嘆聲氣都可以被督導。

阿強從來冇預期而家上司老細喺你嘆氣時，會關心你安慰你，得罪咁講，老細少啲打搞你已經好安慰，但阿強冇諗過佢會指責你嘆氣。

最令阿強氣餒嘅係，阿強知道，好多社工升上高層就唔當自己係社工，但係臨時演員都係演員來，你扮下社工都好呀，你幾時有見過社工指責人嘆氣㗎。你要留難一個同事有好多種方法，但阿強真係估唔到佢面前呢位上司徹底咁放低咗個社工身分。

呢位上司本來係一位好社工，係咩令佢變成咁呢？

苦「工」之路

3

那些深刻的個案故事

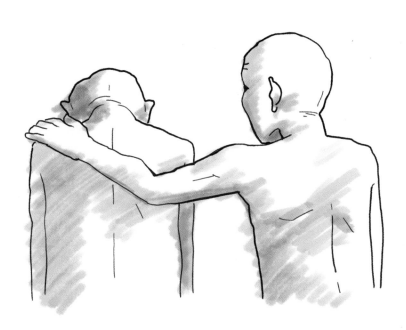

逃學威龍

認識阿明（化名）時他正就讀中三，每一日他都會準時七點起身，然後七點三出門，穿著整齊的校服與背著書包到網吧打機流連，孤零零到四五點，朋友才放學來一齊玩。

我：「其實你咁樣唔悶咩？每日無聊成六七個鐘，先有同學嚟同你玩，好似罰坐咁。」

觀察了阿明幾日，其實朋友到來之前他不是打機，只是不斷上YouTube、Facebook，有如罰坐。

阿明：「悶㗎，不過冇計，又唔想返學，一返去就要畀人罰坐喺停課室。」

我：「吓，點解嘅？」

阿明：「唉，之前放完新年假，返學一時唔為意畀人捉頭髮過長，個訓導主任就要我剪完先返學，咁我都即日去剪返。嗱，名佢就記咗，然後仲要我罰企喺教員室出面成日，我咪唔忿氣同佢嘈，個個儀容不整都係記名之嘛，無啦啦又要加罰企……

一嘈佢就話我唔尊重老師，要停我課兩日，返去停課室好似坐監咁，我先唔返！」

我：「吓，咁你諗住之後都喺度坐呀？坐幾耐呀？」

阿明（面有難色）：「其實我都想返返學，但係我冇返成兩個禮拜，返去要喺停課室坐返咁耐先返得上課室。」

阿明的狀況不算好普遍但又不算好罕見，有部分同學仔可能犯了校規、遲到或者曠課，因為被人懲罰，特別是羞辱性懲罰而不想上學。有時候他們會覺得師長不公道，甚至是玩針對，所以才不想回校。

懲罰簡單來說，可以分為兩種：「羞辱性懲罰」與「補償性懲罰」。前者是指一些效果上令受罰者感到羞辱（可能施罰者無心令同學感到羞辱，只想同學仔知錯），例如當眾罰企、罰停課或者於禮堂公開指罵等等，特別對中學生來說（他們開始更著重個人形象），除非同學仔打從心底覺得自己抵罰，否則好容易懷恨在心；至於補償性懲罰則注重令同學反思自己的過錯，再而以行動如幫手做班務、幫手整壁報等服務去補償自己的過錯。補償性懲罰好處是標籤性與羞辱性比較少，而且同學透過實際行動補償，更易令師長改變對同學的負面印象。

基於以上的考慮，我嘗試聯絡阿明的訓導主任，看看有沒有辦法令情況可以大團圓結局。

我：「即係唔係話唔罰佢，不過係睇下有冇得轉個罰法，罰下佢社會服務令，令佢都易少少投入返去學校啫……」

訓導：「咁仲成世界嘅？佢話唔返就唔返呀，咁同學點學負責任呀？如果罰都有得佢選擇，咁校規唔使理㗎啦？」

我：「唔係咁講嘅，即係見阿明本身都唔係犯好多規，成績又唔算太差，係想一齊諗下辦法令佢返學啫，罰唔緊要，想睇下有咩罰法可以令佢易啲重拾返個學生身分啫。」

訓導：「阿社工呀，你會唔會太縱容啲同學呀？你係咪應該教佢哋守校規呀？」

我：「當然啦、當然啦，之但係呢……（下刪一千字）」

那天訓導給我「哦」足一個鐘，最終都願意減刑，只是停課三日就可以正常上學。

千萬不要誤會，我絕對冇妖魔化這位訓導的意思，我最想帶出的是其實好多老師、社工、家長在處理同學問題時，都好容易

跌入「縱容與懲罰」的二元化思考，即是不重罰就等於縱容的
詭法，很多時忽略了如何將教導融入其中。大家想同學仔改善
成長，而不是令同學仔冇面，甚至不再想上學。

而最重要的是，其實投身社會一段時間後，大家都知道年青人在
學校的成績操行只是他們生命中的小小一點。即使讀不成書，
都可以有其他發展，不要因小小一點令他們學校生涯甚至生命
走向終點。

人間失格

自二零一五年九月新學年開學日起,至二零一九年三月,共有接近一百四十名學生輕生。而自二零一六年三月起,死亡數字開始攀升。統計顯示,在二零一七年全年,十九歲以下青少年自殺死亡人數為三十六人,較二零一六年的二十四人多五成。

看到一篇又一篇學童自殺的新聞,不禁令我想起過去其中一個案主的故事,她的名字叫阿靜。

阿靜不是典型的外向少女,她只是放學後覺得無聊,會與幾個同學到學校附近的小食店抽煙、聊天。接觸她也只是希望先做些預防工作,避免一些問題發生,所以她不算需要我立即建立個案的青少年。

那時感覺與她那個組群已建立了一定關係,並有感當時學童自殺事件十分頻密,我便藉著新聞事件,與她們談論起來,了解一下她們的想法。

可能彼此已有信任,阿靜平靜地道出自己過去一次打算自殺的經過。

事情是這樣的，阿靜中三時與教她數學的老師關係很好，老師也委託她擔任科長。有日即將上課的時候，課室裡的同學一如以往還沒有安靜下來，整個空間也嘈吵非常。

然後數學老師一進來，看見坐在第一排的阿靜同桌轉過身與後座的同學大聲聊天，便高聲罵阿靜：「點解你唔叫大家安靜啲！」

阿靜覺得委屈，回應道：「又唔係我傾偈，點解要鬧我？」

最後，老師大罵阿靜頂嘴，要她站到課室外罰企，阿靜在外面流了一整節課的眼淚。

回到家，阿靜父母也因為一些小事罵了她，她悶悶不樂躲在房間裡整晚，覺得大人總無理責罵她，心裡難過得開始計劃自殺。

她說她想過週末到長洲租間度假屋燒炭自殺，接著那幾天她就開始寫遺書，分別寫了給父母、朋友。

幸好最後，阿靜沒有付諸行動，因為當時幾個好友一直陪著她。

聽到阿靜說完這事，我往後一直提醒自己，即使在生活上遇到多憤怒、難過的事，也不能把情緒發洩到年青人的身上，因為，你永遠不會知道你一句話，會對他們造成多大的傷害。

有很多成年人會不解何以年青人會如此脆弱，這是因為我們成年人慢慢忘記或忽略了，在年青人的世界我們是很重要的存在。香港大學香港賽馬會防止自殺研究中心認為青少年自殺原因複雜而不單一，包括學業、家庭、人際關係和感情等等。學業方面，因香港已推行三三四高中教育改革，一些學生感覺不適合新學制或自覺不是讀書材料遂產生挫敗感。而家長期望過高、大學學額競爭激烈亦對學生造成過多壓力。其他原因還包括青少年在情緒受困時長期未得到家人和朋友的支持與聆聽，使絕望感增加。

年青人之所以脆弱，是因為他們的世界還是很小，而你是他們小小世界中，猶如星星一般的存在。

離不開

經濟學假設人都是自私及理性的，每個人天生都是為自己活著的，並且比其他任何人都更有能力為自己精打細算。可是這次的主角嘉嘉卻完全顛覆了這個論述，而且一直在做對自己不利的事。

認識嘉嘉是在一大型舊式公共屋邨，當時她正與一群朋友在屋邨平台聊天、抽煙。嘉嘉是一個友善、隨和、愛笑的女生，初次見面她並沒有一點試探性行為（Testing Behaviour），反而對外展社工的工作性質很感興趣，不斷詢問我工作時間、內容等問題。經過幾次相處，她已經對我產生信任，開始聊起她的家庭背景。

嘉嘉今年剛好十八歲，原本與母親居住在屋邨內，但自從在公園平台認識居住在同一屋邨的男朋友後，因為男朋友比她大上十五年，她的母親斥責她若繼續與男朋友在一起，便要她搬走。結果嘉嘉一氣之下離家出走，寄住在男朋友的家，與男朋友一家人一起生活。

我問嘉嘉為何選擇一個比自己大上這麼多的男朋友，她說對方關心她，讓她感受到從前沒有過的愛護。我曾經隨嘉嘉到她男

朋友家探訪，那是一個不到三百呎的地方，卻一共住上了五個人。客廳、房間裡都擺滿各式的雜物，由於雜物長期遮蔽了窗戶，陽光照不進來，結果屋裡瀰漫著一股發霉的味道。

我問嘉嘉與男朋友都沒有工作，平時以甚麼維生。她說她自小左眼視力就不好，加上小學時再被籃球迎頭撞傷，即使後來有接受手術，但現在左眼只餘下不到三成的視力。自從中二離開學校後，她便與母親依靠綜援生活。而因為與母親鬧翻及剛滿十八歲，她便在今年申請了個人綜援，與男朋友依靠每個月幾千元的生活津貼過活。

有一次嘉嘉與男朋友吵架，獨自一個在公園吸煙，剛好碰上我落區，便與她聊了一陣。她說她不滿每個月一拿到綜援，男朋友的母親就要她請他們一家到大排檔吃飯，而且總是把男朋友弟弟一家也叫上，讓她花費了許多錢。我問她為何不堅決拒絕，她說一拿到綜援，男朋友就要她把全部錢交給他保管，讓他決定怎麼去花每一元。若不把錢給他，他便會發脾氣，幾日不理睬她。我問嘉嘉認為男朋友這麼做是真正愛她嗎？她說不知道。我說愛應該互相尊重、互相照顧，而且絕不會逼對方做不願意做的事。嘉嘉說其實有幾次她也想與男朋友分手，但一想到之後會無家可歸，便只好打消念頭。我提議嘉嘉不如先與母親和好，讓自己也可以擁有多一個支援。嘉嘉一開始相當抗拒，表示不想聽到母親的責罵。我說經過了這麼久，想必她母

親的氣已經消了，而且她自離家後一直未與母親聯絡，她母親應該也會相當擔心的。雖然當時嘉嘉聽罷仍然無動於衷，但在數週後她告訴我，曾經致電母親，兩人已經和好了。

我提議她不如搬回家與母親同住，一來不用寄人籬下承受不必要的氣，二來也可以把綜援的錢掌握在自己的手中。但嘉嘉卻說不想與男朋友分手，認為自己找不到第二個人來愛她。我反問她認為男朋友的表現是愛她的行為嗎，即便她答不出來，但仍然說暫時不想分手。後來，我嘗試為嘉嘉建立目標及尋找兼職工作，讓她在擴闊人際圈子及擁有更多自己想做的事情後可以獨立起來，擺脫對男朋友的依賴。

然而，她卻還是離不開這個男朋友。也許她還未真正成長起來、也許她因為多年的眼疾而感到自卑、也許只是怕寂寞。

然而，若兩個人一起是痛苦的，一個人活其實更好。

但願嘉嘉將來有離開的勇氣。

愛嫖的少男

○～～～○

剛認識阿明時他才十五歲，因為成績欠佳及行為問題，要重讀中三，就在那年，他也認識到同是重讀生的阿光。兩人經常聯群結隊到深圳玩樂，起初只是去一般的 Disco，偶爾認識到在場的女生，情竇初開的他便禁不住誘惑而與其發生關係。有時他會與這些女生變為情侶，但所謂歡場無真愛，最後多數無疾而終。年少精力旺盛的男生，無處發洩底下加上受朋輩影響，便開始到夜總會消遣。

阿明多次向我繪形繪聲地形容召妓的經歷，例如有次他便與朋友去唱淫 K。他說首先會有一排女生站在面前讓客人挑選，當各人選好心儀的女生後，戲肉便正式開始。阿明說淫 K 的定義就是可以在 K 房裡對小姐上下其手，而興之所至更會在完場後去開房間。那段時間，阿明對此簡直著了迷，每逢假日定必去深圳報到。作為他的社工，只好向他進行性教育，叮囑他做足安全措施，以免感染性病而後悔一生。

事出必有因，在阿明的行為問題及召妓習慣背後，定必有其因由。

原來阿明來自一個小康之家，父母親均擁有碩士學位，他在擁

有教師資格的母親全程陪伴底下，小學時成績優異，原本在一所不錯的中學就讀。只是自弟弟出生後，母親因為家裡支出多了而要重新步入職場，相對地照顧阿明的時間便比從前少了很多。而那時正值小學升中一的轉折期，要重新適應一個全新的環境、一群新面孔的同學、一堆比從前艱深的功課，阿明在忽然失去關注與陪伴下，便如在汪洋大海中漂流的孤舟，頓失方向。學期初，已跟不上學習進度，成績大大下降，阿明的自信心也隨著考試卷上的分數一次比一次變得更低。漸漸，阿明便討厭上課、討厭考試、討厭經常指責他的老師。他開始在課室搗亂、與老師對抗，最後更接二連三地逃學。

由於學校要維持校風及成績，在多次勸喻阿明無效後，便不得不將他退學。之後，阿明便來到跨區的一所 Band 3 中學就讀，而在朋輩影響底下，就從此變得更為放任、放肆。結果，他便要再次重讀中三，加上父母均是專業人士背景所帶來無形中的壓力，北上召妓便成為他減壓的一個方式。

在與阿明多次的面談當中，他都忍不住透露，心底裡其實渴望當年中一時母親可以時常陪伴在他身旁，也許，他就不會因學業成績低落而對學習產生厭惡，更不會成為日後別人口中那個壞學生了。阿明說著聲音情不自禁顫抖了起來，我看著他紅了的雙眼說：人生很多時候其實都只能自己一個渡過、自己一個面對困難、自己一個解決問題，父母也好、朋友也好，往往也

只能陪你走一程。習慣孤獨、學習與自己的壓力與情緒共處，才是自己最好的伴侶。

阿明聽後若有所思點點頭，而我知道，聰明的他定必會領悟到其中的道理。

之後，阿明已漸漸沒有再北上尋歡，行為問題也改善了許多，最後更到異地升學，去追逐自己的夢想。

冷知識：

社會衛生科屬下有性病診所和皮膚科診所，負責治療護理、預防及控制性病和皮膚疾病。

服務包括：

1. 提供診斷、治療和護理服務。

2. 透過個人健康輔導服務和衛生教育活動促進市民健康和預防性病及皮膚病傳播。

3. 追溯病者與他人接觸的紀錄，以便調查病歷；及訪查缺席病人情況，以便給予治療和跟進護理。

資料來源：https://www.chp.gov.hk/tc/static/24039.html

苦戀注定難，但一定要習慣？

任何一段關係都有走到盡頭的一天，在適當的時候分手，彼此好好地說再見、放下，然後開展新的一頁，是最為理想的解決方法，但往往不是一件容易的事。

這一次的主角是阿晴。

中學畢業之後，她因緣際會認識了一個比她大上一輪的男人。認識初期，阿晴見對方年紀不小，主動問及對方是否已婚，男的也直認不諱，但說自己正與妻子分居中，準備辦理離婚手續。在對方猛烈追求下，一直渴望被愛的阿晴開始與他交往。

交往後，阿晴不斷詢問對方何時才正式與妻子終止婚姻關係，但男方均以不同理由推搪，由原本的三個月一直拖延到兩年。這兩年裡，阿晴性情大變，每當找不到男朋友，就會狂打他的電話，有時甚至會連續打上數百通。電話一旦連接起來，她就會向對方咆哮，質問對方為何不聽她的電話。而隨著交往時間愈久，男方還未處理好婚姻關係，阿晴更從男方手機上竊取了他妻子的電話、電郵，不斷傳訊息問對方為何還不肯離婚。後來，阿晴甚至駭入男方的社交帳號，結果發現他與其他女子調情的證據，更按捺不住發訊息辱罵對方。

這一次，兩人發生有史以來最大的爭吵，男方認為阿晴侵犯他私隱，阿晴則怒罵他一再欺騙她。男方因憤怒而與阿晴斷聯了幾天，這下阿晴像發了瘋似的不斷傳短訊給他，並要脅對方若不立即回覆，就會自殺。結果那晚，阿晴因為吞下一整瓶安眠藥而被送進急症室急救。兩人後來因為此事而分手，然後阿晴開始上交友網站結識異性，並不斷發生性關係。然後當其中有人與她變為情侶關係而出現爭吵後，阿晴又一再重複像過去般對男朋友的感情勒索，多次以自殘、自殺要脅對方。

後來因為阿晴的主動求助讓我認識到她，從而知道以上所有她與男朋友的糾纏。

初接觸阿晴，她一直不斷重複過去男朋友對她的欺騙、疑問男方的妻子為何不肯離婚及責罵與她男朋友調情的女子。為了讓她暫停沉溺在受害者角色及抱怨中，我轉移詢問阿晴的家庭及成長背景。

阿晴出生在一個健全的家庭，與父母、弟弟的關係不錯，雖然經常會感覺母親對弟弟的偏心，但因為與弟弟相處融洽，她也就嘗試說服自己不去計較。唯一與別不同的或許是她在小時候生病，做了一個大手術，而又在中三那年再次病發，住了整個學期的醫院。她形容那次住院讓她感覺很孤獨，有被家人遺棄在醫院的感覺。

綜合阿晴的成長經歷及在感情關係上的過激行為與邊緣性人格障礙的特徵相當吻合，加上一直有自殘的習慣，我便轉介她見精神科醫生及臨床心理學家。結果一如所料，她被確診了。當她從輔導中了解到自己的情緒病與家庭的關係，尤其是母親對她的疏忽讓她有強烈被遺棄的感覺，以致於一直停留在依賴他人的角色中，無法發展出獨立的自我。結果往往會愛上比自己大許多的男性，渴望被保護與照護，但一旦面對拋棄，便會有激烈反應，例如自我傷害及放縱的行為，更會藉由輕生、自殘等威脅他人不得結束情感關係。

然後，阿晴開始將所有責任轉移到父母的身上，不斷責備若不是父親的懦弱與母親的偏袒，她便不會淪落至此。基於與阿晴已建立信任關係，我便不忌諱地向她說：其實，每一個當下，她都有選擇權，她可以選擇不與已婚男士交往、選擇不要隨意與陌生人發生性關係、選擇不傷害自己身體，而這些選擇可以完全脫離過去因素的影響，視乎她有否決心擺脫舊日的一切，成為一個更好的自己。

阿晴聽罷若有所思，但願她能夠明白，選擇權從來都握在她的手裡。

冷知識：

邊緣性人格障礙（Borderline Personality Disorder，縮寫：BPD）又稱情緒不穩定人格障礙 (EUPD)，簡稱邊緣人格 ICD-10，是一種 B 型人格疾患。患者出現長期的不穩定行為，容易被周遭認為不正常，例如：不穩定人際關係、不穩定自我認知及不穩定情緒。它的主要特徵是精神上、行為上的極端對立表現會同時出現。邊緣人格因介於健康、憂鬱症、精神官能症、精神病這四者之間的邊緣，故稱為邊緣人格。他們和一般人一樣擁有健康的部分，但容易遇到一點小事就感到受傷，無法控制衝動的欲望，作出自我傷害等破壞性的行為，且這些行為會反覆出現。

資料來源：美國精神醫學會出版的診斷手冊 (DSM-5)

禁果

○~~~~~○

《聖經》上記載，上帝造出祂的子民亞當之後，就把亞當放置在伊甸園中。後來，上帝看到亞當很孤單無趣，就想給他一個伙伴，所以上帝取了亞當的一根肋骨造了夏娃。伊甸園的中央，有兩棵樹，一棵為生命樹，一棵為分辨善惡樹。上帝對祂的子民說，園子裡各樣的果子都可以吃，除了分辨善惡樹上的果子不可吃，如若吃了，必定死亡。夏娃受了蛇的誘惑，吃了能使人明白是非善惡的智慧果，並且給亞當一個，而亞當同樣也吃了。上帝震怒人違背了祂的命令，於是把他們趕出了伊甸園，讓他們及他們的子孫世代在塵世間承受各種苦難作為懲罰。

後世將男女之間在沒有法律承認的婚姻關係前提下發生性關係，或是在未成年階段與異性發生性關係，或者是青年男女初戀時，兩個單純的相互吸引下發生的第一次也是唯一一次性關係稱之為偷吃禁果。

而這次初嚐禁果的主角是十五歲的阿珊，而且當她找我求助時已經懷孕十週了。

阿珊稱自己一向經期不準，以為這次也像往常一樣兩三個月才來月經，所以沒有為意原來自己已經懷孕。直到腹部微微隆

起,她才到藥房購買驗孕棒測試,結果一分鐘後驗孕棒上出現了兩條清晰的紅線。阿珊懷著忐忑不安的心情到中心找我,表示希望進行墮胎手術。我提議與她一起到香港家庭計劃指導會檢查,以便取得最準確的結果,例如懷孕的週數,才再作下一步的行動。但由於阿珊尚未成年,必須得到她監護人的同意,由於她強烈表示還未有心理準備讓母親知道,我們只好致電她家姐。在取得家姐的同意後,我和阿珊來到位於旺角的家計會青少年保健中心。

中心的護士根據阿珊提供的對上那次月經日期推算她已懷孕十週,而家計會只能為懷孕期在十星期內(以終止懷孕當日計算)的就診者提供終止懷孕服務。若懷孕超過十星期,將被轉介往其他政府或私家醫院。

在到私家醫院求診前,我與阿珊進行了一次面談,詢問她是否已下定決心進行終止懷孕手術。她表示自己還在就讀中四,希望先完成中學課程,即使其男朋友已經出來工作,但收入仍不足以養育一個孩子,她只能選擇墮胎。我向她分析現行香港提供的寄養或領養服務,前者為十八歲以下,因種種緣故而缺乏父母照顧的兒童,提供家庭式住宿照顧服務,讓他們繼續享受家庭生活,直至他們能與家人團聚、入住領養家庭,或可獨立生活為止。而後者則為非婚生而其父母未能撫養的兒童找尋合適及永久的家庭。

阿珊在了解各項服務後，經過一陣思考仍然決定終止懷孕。然後，我邀請她思考進行終止懷孕手術對她的利弊，她在衡量各項好處及壞處後再次作出了同一個抉擇。其實，反覆要阿珊進行選擇，是要確保她在知悉各項資訊後才下決定，以免她會後悔、內疚及自責，因為畢竟她是在選擇結束一個生命，是一個一旦決定了就不可逆轉的行為。

當阿珊決定後，我們一起致電私家醫院詢問詳情，結果得到的答覆是因為阿珊尚未年滿十六歲，香港法律列明與未滿十六歲少女發生性行為屬違法行為，醫院必須要取得警署報案紙及在監護人同意下才可進行終止懷孕手術。

在我的鼓勵下，阿珊鼓起勇氣致電其母親坦承一切，而她母親決定待晚上下班後才一起從長計議。翌日，我邀請阿珊與其男朋友一起面談，詢問他們的決定。結果阿珊表示母親不希望到警署報案，一來擔心事件鬧大了會讓阿珊父親知道，脾氣暴躁的他定必會大發雷霆；二來她不願報警後阿珊男朋友被捉甚至判刑，那會誤了他的前程。所以，阿珊母親決定帶她到內地的醫院進行墮胎手術。

得知結果後，我向阿珊及其男朋友分析在內地進行墮胎手術的風險，例如醫院質素及醫生技術良莠不齊，若遇上不合規格的醫院，便容易發生手術意外，又如未能清理乾淨胎盤而引致發

炎或大量出血,這些都是會危及生命的。而且即使報警,若阿珊不透露男朋友的姓名,警方也無法拘捕他。我建議阿珊及男朋友將資訊告訴家人,再作決定。

當晚我分別從阿珊及其男朋友得到兩個截然不同的選擇,讓我十分錯愕。

阿珊男朋友的父母及他表示即使報警後有被捕的風險也願意阿珊在香港接受終止懷孕手術,然而阿珊的母親卻堅持帶阿珊往深圳墮胎。

我向阿珊要了她母親的電話號碼,希望遊說她改變這個決定,結果電話一直未能接通。我向她表示理解她的難處和考慮,也提供了一些可行的解決方法,她只簡單回覆「知道」兩字,同時表示因為每日要工作十六個小時,所以未能抽空與我會面。我提醒她到深圳做手術的危險,她卻遲遲未有回覆。一天過後,阿珊母親還是沒有任何回應。我只能將一些在深圳進行手術而發生意外的新聞透過短訊傳給她,希望她為了女兒的安全深思熟慮。

幾日後,我收到阿珊的電話,她說母親已經帶了她到一間位於上水唐樓的私人診所進行了墮胎手術。而據我所知,那是一間黑市診所,一個比深圳的醫院質素還差的地方。

當刻，我為一個母親如此輕視自己女兒的生命安危而感到氣憤，現實是阿珊男朋友及其父母這些第三者都比她更為著緊阿珊的安全。然而冷靜過後，我又十分同情她。一個從內地來港、因為低學歷而需要每日長時間工作的女人，回家後還要面對暴躁的丈夫，在缺乏知識及支援的情況下，她只能選擇一個她了解或熟悉的方法去解決。

而我，即使面對這個不是對阿珊最為理想的解決方法，也只能尊重案主自決。因為在給予充足的資訊予案主後，案主有權利做決定並解決其問題，這是個案工作當中相信「助人自助」的延伸。

這正是授人以魚不如授人以漁的道理。

生定落？社工如何處理未婚媽媽的抉擇

「我有咗。」

對於一對夫妻或者關係穩定的情侶，懷孕通常都是喜訊。雖然「有咗」即是代表大家從今以後須要儲錢，同時亦要進修安胎至育兒的知識，再而便是硬件如居所傢伙的改造，但總的來說，大部分人都會覺得這是一件喜事。

但對於未婚懷孕，又或是未有計劃而懷孕的少女及女士，當她們看到驗孕棒兩條線的時候，心裡面的對白通常都是：

「唔係呀嘛？」

當 Mary 見到驗孕棒那兩條線的時候，她愣住了。

「唔會嘅唔會嘅。」她安慰自己，便立即跑到街上多買兩支驗孕棒，在心想要回家再多驗一次期間，她不斷祈禱，希望只是剛才的那支驗孕棒出錯了。

「今次仆街啦。」

兩支驗孕棒再驗都是兩條線，加上月經未到，Mary 都打定輸數，立刻打電話給阿強：

「阿強，有啲嘢想同你講⋯⋯」

「講。」阿強在《英雄聯盟》的上路經營著，心想你要說就快一點吧。

「我有咗。」Mary 都知他在打機，心想著「我喺度掙扎緊你就風流快活嘅心態」，便開始有點冒火。

「唔係啩，你講真？」阿強不敢相信。

「驗咗三次喇。」Mary 不耐煩地回答。

「真係我㗎？」阿強慌亂起上來，開始想要推開這個責任。

「唔係你係邊個呀？」Mary 不敢相信自己雙耳，悲憤到極點，語氣冷淡，但眼淚已經不停地流下來。

Mary 當時十九歲，她男朋友阿強就二十歲，兩位都在打散工，沒甚麼經濟基礎。而最重要的是，他們本來只想著拍散拖，從來沒想過要跟對方結婚。「有咗」，真是一場意外。除了 Mary

之外，當然還有很多未婚媽媽，她們有的未成年，甚至仍在讀書，生怕影響學業生涯又生怕老師和同學家長的目光；有的實言根本就不喜歡那經手人，又有的有吸毒習慣，怕毒品會影響胎兒。不同背景，但都有一個共同點：她們不知道生定唔生好。

「生定落？」這在剛剛得悉懷孕的階段是她們最煩惱的問題。

伴侶當然會是她們當中最重要的考慮，有些伴侶會好像阿強一樣想要逃避責任，甚至會叫未婚媽媽盡快墮胎，或更甚是沒了蹤影；有些伴侶會想負責任，不過未婚媽媽覺得他們未必可靠，而且本沒想過要跟對方很長時間地在一起，更別說是要兩人一生一世。這樣的話不如選擇墮胎？有部分未婚媽媽又捨不得。

關鍵的問題是，當這些未婚媽媽帶著矛盾來到社工面前，我們又應該如何是好呢？個人認為看工作員如何處理「生定落」的個案，是其中一種最反映工作員有多尊重「案主自決」這一原則。

有一部分社工會覺得「落」是很殘忍的決定。有一次我跟一個媽媽到醫院處理終止懷孕手術，有個同行跟我說：「有冇搞錯呀，社工竟然帶人落仔，生命嚟㗎！」他們會認為無論如何都應該要生下來再說，因為沒有人可以否定胎兒生存的權利。

而另外一部分社工會覺得「生」是相當不負責任的:「自己都未搞掂,個小朋友邊度有將來?」簡而言之就是他們會覺得如果沒有很合適的環境準備給 BB,「落咗個 BB」總比把她生下來幸福的。

說起上來,這一類社工對「兒童住宿服務」也是欠缺認識的。他們會覺得今時今日的兒童院舍仍然是四、五十年代那種「孤兒院」,甚至看多了電視、電影,會覺得住院宿的小朋友一定不會開心。事實上就我所見,零至六歲的小朋友,沒有一個是想死,他們玩得好、吃得好就已經很開心,而且今時今日的院舍在照顧上一點也不差劣。

而我覺得大家最要清楚的一件事是:無論「生定落」,這個決定都會改變未婚媽媽的一生。

「生」,固然日後要承擔很多責任,家人也未必支持、男人也未必爭氣,光是煩惱照顧和開支已經「一頭煙」,而且因為身邊當媽媽的朋友不多,可能一下子會變得很孤單;「落」,又絕對不會是一了百了,很坦白地說,如果終止懷孕後的輔導做得不妥,那陰影都會纏繞當事人一生。而有部分被迫「落」的媽媽,轉眼間又會有個第二胎,這其實都是一種心理補償行為。

每一次很有立場的社工跟我商量，我都會答他：「我唔做決定喋，都係會交返畀佢哋決定，跟住再順住個決定去處理。」

說到底，我們其實要先承認自己並非「先知」，將來的事，大家最多都只是推測；所謂結局，通常也是我們所猜不透的。而最重要的是，我們掛在嘴邊的「案主自決」，又有多少人明白背後的理念呢？無論是甚麼決定，背負結果的始終都是當事人。喂，你不會幫她養小朋友，亦不會跟她一起發「媽媽你喺邊」的惡夢，無論你認為是多麼適當是或多麼不濟的決定，既然只有當事人會背負抉擇所連帶的責任，而這一個決定更會影響她的一生時，更應該還給當事人來自己決定。

那些深刻的個案故事

少年嘉豪的煩惱

◦～～～◦

「Miss⋯⋯我⋯⋯好想死。」

這是嘉豪第一句開口向我說的話。

記得那天是一個很平常的夜晚，我在中心完成文件工作後，本想落區走走，收拾期間，中心的門鈴便響了起來。

我打開玻璃門，面前站著的是一個十五、六歲的少年，大大的雙眼下是黑黑的眼圈，眼神盡是憔悴與哀傷。我還未問及他身分，他已張開微微顫抖的雙唇，緩緩地吐出：「Miss⋯⋯我⋯⋯好想死。」

然後，他便哭了起來。

我輕聲安慰他不用緊張，請他到面談室坐下，並遞上紙巾讓他拭淚，他接過後來不及擦拭，已急不及待開始吐露心中的冤屈。

嘉豪就讀區內中學三年級，今年他因為未能掌握理科科目而導致成績欠佳，須重讀一年。他透露本身性格內向的他人緣已一般，再加上因為舉止陰柔而被同學嘲笑，一傳十、十傳百，連

中六的學長也特意來欺負他。有次他到洗手間後，幾個人趁沒有人留意，聯合起來打他，甚至有老師經過看見只問他們在幹甚麼，並沒有加以阻止。而因為成績差，他也多次感到老師針對自己，所以事後也不敢向老師舉報，一方面怕被高年級學長報復，另一方面也因為對老師的失望與不信任。

漸漸，嘉豪變得恐懼回校，他說他每日返回學校的途中也會極度焦慮，雙手會忍不住顫抖，有時緊張得會踢路上的垃圾桶發洩，或是坐在公園裡痛哭。再加上家裡的事情，令他頓感絕望，腦海中不斷重複出現自殺的念頭。

我詢問嘉豪家裡發生甚麼事，原本已停止哭泣的他眼淚又再次滑過臉龐。他說他父親喜歡帶二十多歲的男女回家裡喝酒，經常喝到酩酊大醉，有時更讓陌生人在家裡過夜。而母親基於是全職家庭主婦，在經濟上依賴父親，所以完全不敢作聲，每日只是在家看電視劇打發時間。其實他心裡面知道母親不快樂，所以在找方法逃避，但自己又沒有能力幫助母親，更覺自己的無能與內疚。而最近他更在父親的手提電腦上發現父親與一女子的裸照，讓他覺得可恥。他很想離開家裡、學校，甚至是這個世界。

那一晚我一直靜靜聆聽嘉豪的故事，適當時加以安慰或遞上紙巾，最多在必要的地方問得仔細點，或是釐清，但沒有給予建

議。因為社工訓練告訴我們，初次面談讓案主疏導情緒比任何
建議來得妥當，也可以與他建立信任關係，而不是急於處理問
題，始終社會工作關心的是人本身，而絕非單純是問題。

當晚我相約嘉豪翌日放學後到中心再次面談，也叮囑他如果有
任何自殺的念頭，可以致電給我或其他信任的人，切勿自己衝
動行事。

當我與嘉豪第二次面談後，對他的問題有比較充分的了解及感
覺到他的信任，我嘗試詢問是否可以聯繫他的母親及班主任，
畢竟嘉豪負面情緒的成因確是源自這兩個在青少年成長中最為
關鍵的支柱。在嘉豪的同意下，我先邀請他的母親到中心進行
面談。

嘉豪的母親和嘉豪一樣，說及家中的事情，例如被丈夫冷落及
被丈夫的家人看不起，臉上盡是止不住的淚水。從她言談間也
感受到她對丈夫出軌感到十分難過，但更傷心的是由於自己的
懦弱，而造成兒子成為扭曲家庭關係底下的犧牲品。其實，嘉
豪母親也是家庭當中的受害者，一個女人面對著丈夫的不忠本
已是難以承受的痛，同時也要處理兒子的學業及情緒問題，壓
力之大可想而知。一直無處宣洩也自然形成逃避的個性，以為
不聞不問便不再心傷，卻不知在無形間讓問題更加惡化。

當嘉豪母親知道事情的嚴重性後，便主動承諾會配合解決兒子的情緒問題，也會將兒子的情況向丈夫說明。而我亦在她的允許下，聯絡嘉豪的班主任，了解他在學校的情況。

當我與嘉豪班主任電話溝通的過程中，我很訝異班主任一直將嘉豪的問題解釋為他缺乏自信心，以致於很少同伴及學業成績低落，並謂若嘉豪提升了自信，定必可解決任何問題。其實當時我真的很想詢問這位班主任，究竟有甚麼方法幫助嘉豪提升自信，而他又曾用過哪些。但基於禮貌，我還是將疑問咽了下去。而班主任也對嘉豪曾被欺凌的事完全不知情，我也只能請其多注意同學與嘉豪之間的互動。

當我轉述母親的難處和難過予嘉豪時，嘉豪明白到母親對他的關心，也漸漸對母親多了一份諒解，承諾會儘量早點回家，不讓母親擔心。而讓嘉豪知道母親對他的擔憂及支持，也可幫助嘉豪建立與母親的緊密關係，讓家庭這個支柱得以重新維繫。

而在往後的輔導中，除了集中梳理嘉豪的困擾外，也努力幫助他發掘自身的長處，建立自我效能感。例如，建議愛好寫作及文科成績較為好的他選擇文科班，而他在升讀文科後表現確實大為進步，在中文學科的成績更相當優異。這無疑增加了嘉豪的自信心及成就感，逐漸對學校產生歸屬感，也願意與更多同學交往，缺席的問題也相應解決了。

為了鼓勵嘉豪，我也送贈他一本附帶作者勉勵說話的書給他，讓他在閱讀中鍛鍊自己的寫作能力。看著嘉豪開心地接過禮物，他已經不再是當日那個淚眼婆娑、重複想死的煩惱少年了。

學校是一個現實的體制，許多時候老師自然傾向對成績好的學生寬容、對成績差的學生嚴厲，但往往容易忽視這群成績差的學生背後其實潛藏著來自家庭或自身的問題，以致於未能專注學業。而在老師教務日益加重底下，自然更少時間處理學生的問題，這也是可以理解的。青少年在成長過程中往往情緒較波動、心理狀況較紊亂，遇到問題時沒有適當的輔導與指導，便容易出現情緒，而行為問題只不過是表徵，彷如是冰山的一角，而在海水底下的才是問題的成因。

其實，社會根本沒有問題青少年，只有青少年問題，許多時候是基於成年人的缺席或失職，讓青少年無辜獨自承受情緒與壓力。

每一個煩惱的少年背後，其實都有一顆需要被了解與安撫的心。

冷知識：

防止自殺求助熱線：

香港撒瑪利亞防止自殺會：2389 2222

生命熱線：2382 0000

明愛向晴軒：18288

社會福利署：2343 2255

撒瑪利亞會熱線（多種語言）：2896 0000

東華三院芷若園：18281

醫管局精神健康專線：2466 7350

利民會：3512 2626

賽馬會青少年情緒健康網上支援平台「Open 噏」：
www.openup.hk

折翼天使（上）

○〜〜〜○

嘉欣是我一次落區時在球場邊認識的女孩子，就讀區內中三。頭幾次見面時，她對我很冷淡，總有些 Testing Behavior（試探性行為）。但隨著認識的日子漸久，立冬前的某個黃昏，我和她並肩坐在同一個球場邊，秋風吹動籃球架後幾棵參差不齊的台灣相思樹，樹葉緩緩飄落，嘉欣用剛在便利店買的藍色打火機點完煙後，第一次和我談到她的家人。

「我阿媽有思覺失調，成日會喺屋企大叫、打牆，之後我老豆就會打佢，叫佢唔好嘈。」說罷，嘉欣吸了口煙，隔了好幾秒後才慢慢把煙圈吐出。

我：「咁你媽咪有冇睇精神科醫生？」

嘉欣：「有，佢日日都有食藥，但都係會成日自言自語。」

我：「佢通常會講啲咩？」

嘉欣：「冇內容㗎，你唔會聽得明佢講咩嘢。」

我：「點解爸爸要打媽咪？」

嘉欣：「佢叫極阿媽唔好嘈，阿媽都唔聽，佢就打佢，打到阿媽唔嘈為止。」

我：「咁其他屋企人見到會點做？會唔會制止爸爸？」

嘉欣：「唔會，阿哥、細妹已經見慣晒。」

我：「你點睇爸爸咁樣嘅處理方法？」

嘉欣：「佢唔應該打阿媽，打嚟都冇用，阿媽都唔會明，佢有病。」

我：「你有冇試過制止爸爸？」

嘉欣：「開頭會叫佢停手，但佢唔聽，講嚟都無謂。」

我：「你唔鍾意返屋企係咪因為唔想見到爸爸打媽媽？」

嘉欣：「係，佢哋好煩、好嘈，成日嗌交。」

我：「你爸爸仲有冇做嘢？」

嘉欣：「佢上年退咗休，之前做保安。」

我：「咁而家屋企邊個負責搵錢？」

嘉欣：「我阿哥。」

我：「你同阿哥關係好唔好？」

嘉欣沒有立刻回答我，只是從褲袋裡掏出一包新的紅色萬寶路，拆開包裝袋後隨手將之掉在地上，然後從盒裡取出一支煙，再次用那個藍色打火機把煙點燃。

嘉欣：「佢成日打我。」

我：「點解會打你？」

嘉欣：「佢唔鍾意我同阿輝嗰班人玩，話我成日出夜街。」

我：「阿輝係？」

嘉欣：「我阿哥以前出嚟玩班 Friend，佢同阿輝講話再叫我出街就會打佢一鑊，搞到佢哋有一排冇搵我。」

我：「你知道哥哥咁做之後有咩反應？」

嘉欣：「唔開心，覺得委屈，同佢嘈咗一鑊，叫佢唔好搞我班Friend，然後佢就打我。」

我：「哥哥打得重唔重手？」

嘉欣：「重，會打到我隻手瘀晒。」

我：「當時係喺邊？有冇其他人見到？」

嘉欣：「喺屋企，阿爸見到，但佢冇叫停阿哥，佢覺得阿哥打得我啱，要管下我。」

我：「哥哥之後有冇再打你？」

嘉欣：「有幾次我好夜返屋企，佢都會打我，話我做咩成日躝街。」

我：「除咗哥哥之外，爸爸會唔會打你？」

嘉欣彈了彈煙上長長的煙灰，但並沒有把煙放進口中。

嘉欣：「平時喺屋企唔會，但有一次界學校捉到我食煙，班主任叫佢去學校，佢當住班主任面前打咗我一巴。」

我：「當時你心裡面覺得點？」

嘉欣：「覺得好瘀、好冇面。」

我：「會唔會覺得爸爸喺人哋面前打你好侮辱？」

嘉欣：「會，所以後尾幾日我冇返學，然後阿哥知道咗又打我。」

我：「咁爸爸、哥哥打完你之後，你有冇出少啲夜街或者返返學？」

嘉欣：「冇，佢哋講咩我都唔會聽。」

我：「所以其實暴力都唔係一個好嘅解決方法？」

嘉欣點點頭，但沒有說話，將一直握在手中的煙放進口中，深深地吸了一口，煙圈從她嘴裡呼出，她看著上升的煙圈，眼神渙散。

忽然，一陣涼風吹過，翻動地上那一大片枯葉，枯葉隨著風愈吹愈遠。

不如，畀我同你屋企人傾下。

冷知識：

思覺失調：

下列五項中有兩項（或兩項以上），每一項出現時期至少一個月（若被成功地治療，時期可稍短），且其出現佔有相當高的時間比例：

【症狀項目中，至少有一項必須為 (1)、(2) 或 (3)】

(1) 妄想

(2) 幻覺

(3) 胡言亂語（如時常表現語言離題、脫軌或前後不連貫）

(4) 整體上混亂（disorganized）或僵直（catatonic）的行為

(5) 負性症狀（negative symptoms）【如情感表現平板（affective flattening）、貧語症（alogia）、或動機降低（avolition）】

自從疾病開始發作後，病程中有相當高比例的時間，其主要功能領域，如工作、人際關係、自我照顧等，有一種或一種以上領域的功能明顯低於發病前的水準。

資料來源：美國精神醫學會出版的診斷手冊 (DSM-5)

折翼天使（下）

嘉欣帶我穿過球場，沿途她一直抽著煙，才剛開的紅色萬寶路，裡面已經剩下不到一半。大約走了十分鐘，她在一座大廈前停下了。我尾隨她進入電梯，向她承諾只會代她向父親表達她被打的委屈，並不會透露任何她不想讓家人知道的事，但都希望她可以親口將心底的感受說出來。嘉欣點點頭，從她的眼神中，我感受到她的信任。

嘉欣打開家門，邀請我進入。一走進裡面，就嗅到一陣很強烈的酸臭味，那是夾雜著汗臭與垃圾的味道，這還是我第一次在人住的屋子裡聞到這種氣味。整間屋很昏暗，即使窗外已經日落了，但屋內並沒有把燈打開。窄小的客廳裡，堆滿生活雜物，是一種用凌亂也不足以形容的狀態。而整間屋只有一間房間，我想起嘉欣曾經提過他們全家五口就是擠在這一間房裡，父母睡鋪在地上的床墊，她和妹妹睡雙層床的下層，哥哥就睡上層。我無法想像在這不到一百呎的空間裡，五個人毫無隱私的生活，而且還時刻充斥著那些臭味。

「你好，我係嘉欣嘅社工。」我向眼前年過七十、滿臉皺紋、皮膚帶點黝黑的嘉欣父親打招呼，坐在他旁邊是嘉欣的母親，她一直自言自語，但我卻完全聽不懂從她口裡吐出的任何一個字。

「唔好意思，地方細，隨便坐呀。」嘉欣父親有點不好意思，邊說邊找了張椅子給我。

「今次嚟家訪，係想同兩位傾下嘉欣嘅事，嘉欣有同我提到屋企嘅一啲狀況，特別係哥哥打佢嘅部分，令佢覺得唔開心、委屈。」我說完看著坐在身旁的嘉欣，她坐得有點不自然，頭低著，並沒有抬頭看坐在對面的父親。

「其實我都知道阿哥打得佢好重，但係冇辦法，佢曳阿哥就要管佢，佢阿哥都係唔想佢學壞，群埋啲衰人。」嘉欣父親語氣中帶著無奈。

「爸爸同哥哥嘅出發點係想嘉欣好，但係如果用錯方法嘅話反而會有反效果，而家嘅狀況就係佢因為唔想再畀哥哥打而唔想留喺屋企，所以先成日喺街留到好夜先返。」我將嘉欣心裡一直想說卻又未敢向父親表達的話說出來。

嘉欣父親不發一言，深呼吸了一下，片刻才再次開口。

「唉，我都唔知點教佢，佢阿媽有病，我又要睇住佢，唯有佢阿哥嚟教。」

「都明白爸爸嘅難處，要照顧媽媽一定唔容易，同時又有三個仔女要擔心。不過嘉欣嘅狀況係，佢覺得佢喺屋企不被尊重，尤其被哥哥打同爸爸上次喺學校打咗佢一巴，都令佢覺得係一種侮辱。佢其實知道唔應該成日咁夜返屋企，但係如果一個屋企只會令人唔開心，我估界著邊個都唔想繼續留喺到。」

嘉欣父親又是一陣沉默，客廳裡只餘下嘉欣母親無意識的呢喃。

「其實嘉欣都有啲說話想同爸爸講。」我看看嘉欣，用眼神詢問她是否準備好，待她點頭後我才說。

「我唔想阿哥再打我，唔想佢恐嚇我啲 Friend 唔同我玩，咁樣我好冇面，我想有返啲自由。」難得平時寡言的嘉欣一口氣把積壓心底許久的話說出來。

「我諗哥哥同爸爸都係擔心你一個女仔咁夜仲喺街會有危險，你需要自由，但同時都有義務要守屋企嘅規矩。如果你可以應承爸爸，以後早啲返屋企，出去前講聲，我估爸爸都會放心好多。係咪呀？」我說罷看向嘉欣父親，他大力地點著頭。

「咁你係咪都可以喺到應承爸爸？」

「可以。」嘉欣邊說邊點頭。

結束與嘉欣父親的面談後，她送我到樓下，離開前，她笑著向我道謝，這是我認識她幾個月後第一次看見她笑，那是一個甜美得如天使般的笑容。

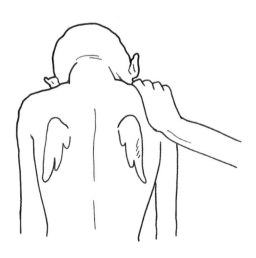

走私男孩與父親的眼淚

球場一隅,與阿健年紀差不多的男孩聯群結隊在打籃球,球入,歡呼,笑容掛在稚氣的臉上。

才剛與父親吵架離家出走的阿健走到遠處無人的椅子坐下,阿聰上前搭訕。兩人因為同校,很快熟絡起來。往後的日子,無論在學校還是放學後的公園、屋村後樓梯,都曾留下他們的身影。甚至乎阿健第一口煙也是來自阿聰的手,而一起逃學到網吧通宵打機、遊戲機室玩捕魚機、賭桌球這些更是習以為常。

漫長暑假,百無聊賴,阿聰提議上深圳玩樂,可是零用錢不多,付了車費便沒有錢娛樂。他問阿健要不走幾次私煙,賺足旅費,還可買新出的籃球鞋。阿健猶豫,默不作聲,阿聰已撥響區內大佬龍哥的電話。

第一次出貨,阿健順利完成,把煙錢交給龍哥後的數日,龍哥卻反口阿健私吞了五百元,逼阿健幫他多帶一次貨還錢。阿健無奈屈服於龍哥的威嚇之下,於翌日獨自到荃灣送貨。可能被龍哥嚇到,阿健當日表現得戰戰兢兢,不時緊握手上書包、雙眼環視四周。就在即將到達目的地時,面前海關人員迎面而來,

阿健嚇得兩手一軟，書包跌下，拔腿就跑。無奈太過緊張，十數步後已被擒下。

海關辦公室內，阿健欲哭無淚，只擔心父親不知如何反應。父親趕到，沒有打罵，只默默陪他落口供。保釋後回到家，看著手機裡阿聰數十通未接來電，阿健急不及待致電回覆。接通後第一句說話不是關心竟是恐嚇，要他不要出賣自己及龍哥，不然打他一身已算小事。阿健顫抖地關掉電話，嚇得幾日也不敢回校上課。也因為懼怕被報復，他與感化官見面時也完全沒有提及被龍哥恐嚇才再犯罪的事。

直到在上庭前數日，我在同一個球場第二次遇見阿健，他才把上述事情完完全全向我坦白。我便說上庭當天可陪伴他找當值律師幫忙，也叮囑他上庭前的日子要準時回家及到學校上課，因法庭會根據他在等候期間的表現來衡量他是否有悔過的動機，從而影響判刑。

上庭日，阿健向當值律師坦露真相，但當值律師卻再三質疑阿健為何落口供及與感化官兩次見面後也沒有說出來，阿健一再重複是害怕被報復，但當值律師只認為阿健可在安全情況下說出來，同時對方也未至於可以對他構成威脅。我看著阿健，也忍不住向當值律師解釋，一個十五歲的青少年在遇到刑事案件時已經會慌張，再加上朋友的威嚇，不敢說出來也是情有可原

的，畢竟每個人承受壓力的能力不同，同時會否可以與執法人員或感化官說明真相，也要建基於對對方的信任。當值律師聽罷沒有再質疑阿健，只說推翻口供會減低法官對阿健的信任，這不是一個明智的做法，但會尊重他的選擇。

在等候期間，我再將當值律師的分析向阿健和他父親詳細解釋一次，並詢問阿健的決定，他說他想，因為確是在被逼的情況下才鋌而走險的。我便安慰他，即使可能會減低法官對他的信任，但至少把真相說出來，說明他是一個誠實的人，對自己、對別人也做到了坦白，阿健聽罷輕輕點了點頭。

在少年法庭上，阿健還是勇敢說出了真相，但少不免引來法官幾句責罵與懷疑。阿健父親隨即向法官求情，說自己長年在內地工作，沒有好好教導阿健，兒子學壞他也有責任，並說已辭去內地的工作，回港照顧阿健，希望法官從輕發落。被法官叱責也沒有哭的阿健，聽到父親的自責，終於忍不住眼裡的淚水，一滴一滴地落在他顫抖的手上。

最終，法官判阿健即時入男童院，等候感化報告再判刑。法院最底層，阿健隔著鐵閘把私人物品交給父親，父親著他好好照顧自己，說罷，眼淚便滑過滿佈皺紋的臉。一旁的我，生怕阿健父親知道我看見他在流淚而感到尷尬，便轉過身去，其實也是自己按捺不住淚水，但又怕有失社工的專業，便趁機也拭乾

自己的眼淚。阿健父親一直看著載著阿健的警車駛去，眼神裡盡是哀傷，我輕聲安慰他，說阿健經歷此事，定必有所成長，也會明白父親對他的關心。阿健父親強忍眼淚，微微點頭。

最終，阿健因為未滿十六歲，所以法官只頒佈兒童照顧或保護令，勒令阿健入住寄宿學校，頭三個月不得回家，並要守宵禁令，並沒有留下任何案底。過了幾星期，我收到阿健從學校寄給我的信，信裡滿是他的懺悔及對父親的諒解。我回信向他說，有些教訓或許很大、很痛，但沒有任何的經歷是多餘的，至少他修補了與父親的關係。

而我，也永遠忘不了父子分別一刻兩人的雙眼，那是充滿了不捨、諒解與愛的眼淚。

冷知識：

1. 當值律師計劃

當值律師計劃在所有裁判法院及少年法庭為合資格的被告人提供執業律師出庭辯護。亦於死因裁判法庭之研訊中為可能涉及刑責的證人提供執業律師出庭。本服務在所有裁判法院均設立法庭聯絡處。被告人若需此項服務，可到應訊之裁判法院法庭聯絡本處申請。本處職員亦會主動聯絡被扣押之被告人，以便在其案件首度提堂時，安排律師出庭辯護。

資料來源：*http://www.dutylawyer.org.hk/ch/duty/duty.asp*

2. 香港少年法庭

香港少年法庭是香港專門處理 16 歲以下少年犯或兒童犯的法庭。除了殺人罪外，如果犯案者為 16 歲以下的少年或兒童（而該案件沒有年滿 16 歲人士同時被控的話），案件都會交由少年法庭審理。

資料來源：《香港法例》第 226 章《少年犯條例》

3. 照顧或保護令

為保護有需要的青少年及兒童，所頒佈的有關其監護的命令。命令內容多數為監護權的轉移。

資料來源：《香港法例》第 213 章《保護兒童及少年條例》34條《少年法庭有關監護、看管及控制需要受照顧及保護的兒童及少年的權力》

那些深刻的個案故事

鳳凰涅槃，吸毒少女浴火重生的故事

傳說中，鳳凰是人世間幸福的使者，每五百年，它就要背負著積累於人世間的所有不快和仇恨恩怨，投身於熊熊烈火中自焚，以生命和美麗的終結換取人世的祥和和幸福。在肉體經受了巨大的痛苦和輪迴後，它們才能得以更美好的軀體重生。

這段故事以及它的比喻意義，在佛經中，被稱為「涅槃」。

而這篇的主角阿筠，便經歷了一次人生中的涅槃。

認識阿筠是在區內的公園裡，她當時與一群朋友在煲煙、吹水，第一次和她交談，已感覺她比一般中五學生成熟。阿筠在群組裡擔任領袖的角色，常發表意見及作決定，而心思縝密的她，也會體貼地照顧大家的需要，猶如大姐姐一般。

起初以為阿筠只是一般放學後不願回家的少女，但隨著認識的日子漸久，有天她敞開了心扉向我傾訴埋藏在心底的秘密。

她說自己自中四起便有吸食毒品的習慣，雖然吸食量不是很多、次數也不至於很頻繁，但她已感覺到自己開始上癮，心裡既擔憂但又無力改變現狀。

我問阿筠第一次接觸毒品是在甚麼地方，她說是與朋友到 Disco
玩，在舞池中興奮跳動之時，朋友伸出手，她看見幾顆五顏六
色看似糖果的東西。出於好奇，她拿起一顆放入口，慢慢，毒
品在她身體裡發揮效力，她感覺到自己好像脫離現實世界，感
官彷彿縮在身體裡的一角，身邊的人和環境變得距離自己很遠
而不真實，那瞬間，心裡的不快與壓力好像都隨之消失了，身
體更放鬆起來。但當一兩小時藥力消散後，會有點口齒不清，
身體不像平時那般控制自如，更會迷迷茫茫一段時間。之後每
次與朋友出去玩，她都會吸食毒品，為求得到那片刻的放鬆。

我問阿筠，是甚麼令她平時情緒如此繃緊，才會那麼渴求毒品。
她輕輕嘆了口氣，抬頭望向深邃的黑夜之中，片刻，她才緩緩
吐出「其實，我有病」幾個字。

原來，阿筠在中三那年因一次突發的身體問題而入院，及後被
確診患有一種長期病症，發病時身體會疼痛非常。但是直到現
在，醫學上還沒有根治的方法，而隨著年齡增長，身體機能會
比正常人衰退得更快，唯一可以做的只是靠藥物減輕痛楚。

她說身體上的痛她可以承受，心裡的痛卻最讓她痛不欲生。說
的是在住院期間父母很少探望她，每到探病時間，看著病房裡
擠滿病友的親屬，自己床邊卻孤零零的，雖然知道父母為生計
難以抽空前來，但心裡難免覺得孤單。

而最讓她難過的是，父母不理解患病的她，認為她沒有好的生活規律及飲食習慣才會生病，即使她多次解釋病症是遺傳性的，但父母還是偶爾會抱怨幾句，抱怨要支付醫藥費、抱怨她不好好愛惜自己身體。久而久之，阿筠便討厭回家，每天在街外流連至深夜，與家人的磨擦便愈演愈烈。

阿筠說自己不是一個容易忘掉不快的人，毒品便讓她在短暫的時間裡忘記父母的責罵。其實，她很清楚毒品的禍害，也知道繼續下去只會令自己的病更加惡化，但內心的痛讓她無法下定決心去擺脫它。說罷，阿筠陷入一陣沉默之中，又再嘆了口氣，在比剛剛更長的嘆氣聲中，我聽見的，盡是她心裡的無奈與不由自主。

為了緩和氣氛，我問阿筠將來有沒有特別想做的事，她說她想成為一名社工，因為想陪伴那些像她一樣孤獨的人。我說社工不可以做犯法的事，她說她知道，所以她才想戒毒，然後努力讀書。及後，我與她訂立服務契約，裡面有兩個目標，一是戒毒、二是修讀社工課程。

之後，阿筠一步一步把兩個目標都完成了。

鳳凰涅槃雖然要經歷一次剝膚之痛，但重生後就是一個全新的生命，而阿筠在她成功戒毒那天，便成為了一個新的人。

冷知識：

1.「186 186」禁毒電話諮詢服務

禁毒處委託了一間非政府機構提供由專業社工接聽的禁毒電話諮詢服務，讓市民查詢吸毒問題相關資訊，並因應需要，直接向當值的社工尋求即時輔導或戒毒轉介服務。倘若你有需要使用上述服務，歡迎致電「186 186」，選擇適當語言後按「1」字，便可直接與社工對話。

2.「98 186 186」禁毒即時通訊諮詢服務

為方便有需要人士使用便捷的求助途徑，市民現可利用智能電話即時通訊程式「WhatsApp」及「微信」查詢吸毒問題相關資訊。你可利用該兩個即時通訊程式發信息至「98 186 186」。有關服務由專業社工提供資訊及協助。即時通訊的服務時間為每日上午十時至下午六時。

資料來源：https://www.nd.gov.hk/tc/telephone_enquiry.htm

跪地的阿明

感情問題，是其中一個做社工時令我感到最困惑的問題。

有趣的是，在讀社工時鮮有談及如何與案主談論感情問題，更不要說處理了。基本上，大部分的社工訓練簡單以個人、家庭或社區為單位，包括離婚、婚外情、家庭暴力、再婚家庭及婆媳關係等等。但由個人到家庭的必經階段：戀愛關係，基本上在大部分社工教育中是真空的。

偏偏在青少年到成年人工作中，感情問題老是常出現在你的面前。

「阿強要同我分手呀！」

「Mary 背住我有第二個！」

「我發現我鍾意咗第二個！」

這麼多感情問題之中，其中以失戀最難處理。因為感情關係結束，根本上可以好單向，只要其中一方堅決分手，另一方再不願意都是不能強求，只能放手放開所有。

真心一講，感情問題不是說讀多幾年書、識幾多介入手法就懂處理，我識好多同行被人分手時處理不了，嚴重的連性格都變了。

再坦白點，我自己都不懂處理。話說當年我都試過分手，雖然已經在電話中分別，大家沒有這麼傷，但一路講已經一路傷心到跪了在家中地板，愛有幾深就傷有幾深，個心就好似穿了個洞一般。

但失戀總不能擇日，猶記得講完那個分手電話，沖個涼食個飯就回公司，心不在焉地做文件，行夜展時都是有氣無神。突然，我發現有個女人跪了在一個球場中間，身邊都有一班朋友不斷勸她：

「不如起身先啦。」

但她非常堅決長跪不起，沒有耐性的朋友就開始躁了：

「夜啦，不如收皮返屋企好嗎？」

但那位阿姐仍然無動於衷，對旁人眼光及勸告視若無睹充耳不聞，良久後才輕輕地爆出一句：

「除非阿強落嚟,如果唔係我唔會起身嘅!」

原來這位叫阿明(化名)的阿姐就是跪了在前男友阿強(化名)家樓下,希望可以感動到阿強下來復合。

有些看熱鬧的人都覺得個男仔好狠心好衰,覺得這個時間無論如何都應該出現,覺得這樣才是負責任的男人。

但我心想:如果男方下來便很易被旁人施壓復合,到時不復合便更加衰仔!所以當時我頗欣賞阿強,真心英雄,總好過彈出彈入的感情騙子。

結果阿明跪了兩個幾鐘,阿強都沒下來,最終阿明的朋友要回家,阿明才願意起身。

但事實還未完,阿明失戀後繼續要生要死,有次還自己爆自己樽入急症!她在醫院最關心的是,阿強看不看見她入了醫院。阿明結果需要兩個月才放低件事,不再做大龍鳳去引阿強注意。

話說幾年之後,即是幾個月前,我參加了阿明的婚禮,新郎哥當然不是阿強。見證住這位曾經為愛死去活來的阿明終於結婚修成正果,其實十分感動。同時都頓悟了對於感情問題,作為社工朋友都只能是見證人,始終都要等當事人頓悟放下。

那些深刻的個案故事

夜青的可能性

之前講到，因著阿明凌晨當街跪地的事件，令我體驗到處理感情問題的難處及無力感，但亦因此認識了阿明和她的一班朋友。

再一次遇到他們是在另一個凌晨，在一個小公園內，我從遠處看見一班年青人聚集，自然地行近了解一下。

「望咩呀，四眼仔！」其中一名年青人向我打招呼。

「咦，原來係你哋呀。」我當下即時認出他們就是阿明那伙人。阿明與她的朋友都是中四五的學生，基本上一星期都有幾晚在街上流連，雖然有時會飲酒，但絕大部分時間都是坐下吹水。

在社福界嘅術語中，阿明一群人被稱為「夜青」，即是在夜晚十點至早上六點在街上出沒流連的年青人，而更精準的名稱為「危機青少年」或「高危青少年」（Youth-at-risk）。以阿明這類青少年來講，因為長時間流連街頭，他們的潛在危機便是容易被地區的不良群黨招攬或滋擾。

而一班未有加入不良群黨的游離青少年之所以成為「夜青」，通常都是因為冇錢、冇事做和冇目標。

作為夜展社工，有甚麼可以幫到他們呢？我首先用「打邊爐 YouTube K」活動吸引他們去中心。「打邊爐 YouTube K」即是用中心一間房開投影機播 YouTube，再在 Band 房拿支咪同 Amp，最後開多幾張枱加個電磁爐，這就可以低成本地讓他們一邊打邊爐一邊唱 YouTube K！

建立好社交關係後，我就想想究竟應和這班年青人做些甚麼。剛好他們鍾意夾 Band，所以我就幫他們組 Band，開始時以為他們玩幾次就不玩，怎知他們這隊 Band 一夾就幾年，直到 Band 裡面有人返工太忙才散。

透過每星期一次的小組與每星期幾次街上接觸，我嘗試助他們尋找工作目標。其中有位年青人叫阿成，在區內一間普通學校讀中四，畫畫好有天份，想讀設計，但就沒信心可以上到大學。剛好當時有許多大專院校的畢業展覽，所以我就帶了阿成和他的朋友走遍活動，讓他們看看設計其實是讀些甚麼。

「唉，但係我咁嘅成績又點讀到大學呀？」成績平平的阿成，看完展覽後興趣是大了，但同時又沒有甚麼信心。

「咁咪試下讀副學士先囉。」我覺得條條大路通羅馬。

「但係學校 Miss 話副學士冇用㗎！」

跟住我又帶他們多看兩間 Asso 的 Design Show，好彩我讀書識幾個讀設計副學士的朋友，其實畢業搵工都不是太難，只是人工不高而已。

之後阿成就以讀 Asso 為目標用心考 DSE，成功入讀 Asso，最後更升上大學！今年阿成就大學畢業了！

當時我嘗試帶這班夜青去升學活動時，其實上司和同事都有微言，覺得夜青怎能升到大學，認為我太過離地。但我覺得做青少年工作，最重要是從青少年身上看到可能性，同時亦要帶他們看見自身有更多的可能性。

那些深刻的個案故事

社工係萬能？

朋友琪琪有邊緣人格障礙，平時與男朋友爭吵後總愛自殘，例如會以利器割傷大腿或手腕，然後拍下血跡斑斑的照片傳給男友，以引發對方的內疚，對她回心轉意。有晚我與琪琪及她的家人一起晚飯時，琪琪全程心情十分低落，不斷低頭傳訊息。琪琪的妹妹告訴我，她男朋友要與她分手，即使她發了一天的訊息給他，對方一直無動於衷，沒有一個回覆。即使我一直安慰琪琪，仍然於事無補，整頓飯她都吃得悶悶不樂，並沒有吃下一點東西。當餐廳播放一首情歌時，琪琪聽著更觸景生情，淚水情不自禁滑落，她便走到洗手間大哭了一場。

晚飯後，我陪琪琪及她家人回家，一進家門琪琪已經躲進房間裡，但還是不停發訊息給男朋友。過了一陣，琪琪突然從房間走出來，逕自跑到露台，打開窗後大步跨在圍欄上。琪琪母親首先發現了她突如其來的舉動，敏銳地衝上前一把抱住琪琪的腰，用力扯住她，不讓她越過欄杆。我見狀也立刻上前抱著她的大腿，用力往屋裡拉。期間琪琪邊哭邊求母親讓她死，說自己很痛苦，想一死了結所有不快。在我和琪琪母親合力用力下，終於把琪琪拉下來，她攤在客廳地板上，一直哭著。

我勸琪琪母親帶琪琪到醫院急診室，因為她情緒如此激動，不知道還會做出甚麼傷害自己的事，到醫院起碼有相對安全的環境及醫護人員的照顧。琪琪母親猶豫不決，說若琪琪不願意，也無法帶她去。

如是者，我和琪琪母親、妹妹只好輪番盯著琪琪，以防她再次嘗試自殺。可是大約過了半個小時，她趁著我們不注意，衝到房間把門反鎖。當我們把門撬開後，她已經整個身體跨越了圍欄，站在露台的另一邊，雙手扣在欄杆上。

我立即要琪琪妹妹偷偷報警，並勸琪琪冷靜，切勿輕舉妄動。但琪琪卻要她妹妹拍下她危站露台的照片，然後傳給她男朋友，並說若他不與她復合，她便跳下去。基於琪琪心情激動，我們只好如她所願。

然後警察很快到達現場，並向我們索取琪琪的資料。

警察：「你係事主嘅朋友？」

我：「係。」

警察：「佢咩事咁激動？」

我：「佢男朋友要同佢分手，加上佢有邊緣性人格障礙，所以情緒會比較激動。我以前係做社工嘅，呢個病其中一個症狀係會傷害自己身體要脅伴侶。」

警察：「你係社工你幫唔到佢？」

我：「……」

我的心突然彷彿被箭射穿一般，心想社工也是人，也有局限，當琪琪已經整個身在窗外面，當然要找警察幫忙。而且面對生死一刻，就算做過多少年社工也會怯、也會緊張。社工真的不是萬能，不可能解決所有情緒問題。

幸好最後消防員把琪琪救了下來，然後經過一個多月在醫院的心理輔導及治療後，琪琪正努力過一個新的生活。

那些深刻的個案故事

4

搵人輔導下我唔該

唔該搵人輔導下我⋯⋯啲同事

社工是一個助人職業，向受助者提供輔導與幫助，但其實大家有沒有發現，身邊的許多社工同事才是最需要輔導的那個。

我曾經工作的單位，有兩個男同事每個月好似月經那樣一定會互爆一次，而且每次其實也只是些雞毛蒜皮的事。其中一次是這樣的：男同事 A 舉辦了一項活動，需要其他同事「吹雞」召集服務使用者參與，男同事 B 本來答應帶五個年輕人參加，但活動當天卻只來了一個。男同事 A 就質疑男同事 B 沒有盡力幫忙，指責他不是自己的活動就不上心。其實一開始男同事 A 只是開玩笑，但誰知兩人卻忽然認真起來，細數對方過去的不是，繼而更爆起粗來，鬧得面紅耳赤。旁邊的其他同事一概不敢作聲，生怕被牽連，最後兩人擾攘一輪力氣盡消才作罷。

又另一次，是這樣的：事緣每個月底，各個同事都要繳交個案面談紀錄，有些同事基於個案量太多或剛好碰上活動籌備或完結期，往往分身不暇應付行政文件。而負責收集的女文職同事便會催促他們繳交，以便交予督導主任審核，以達到社會福利署訂立的津貼及服務協議。記得當時文職同事提醒一男同事交個案紀錄，該男同事敷衍了幾句應對，文職同事便說若再不按時繳交，男同事便要自己向督導主任解釋。該男同事一聽，立

即惱羞成怒,一輪嘴向文職同事發飆,為了保留該同事說話的精萃,只能原話節錄:「你咁鍾意篤背脊咪去講囉,我係唔做呀,你咁叻幫我做埋呀笨。」再配以他刻薄的語氣,現場殺傷力驚人,女文職同事當刻眼睛泛紅,眼淚奪眶而出,忍不住一支箭衝入了洗手間。結果女文職同事在洗手間哭了半個小時有多,才在督導主任關心下出來。

辦公室是非往往是一件最煩人的事,而當這些是非不只在辦公室內上演而被搬到網絡世界,更會演變為一次網上欺凌。

通常辦公室裡有兩種人最容易被人拿來做文章,一是工作能力高、表現優秀,這便容易惹來其他同事的妒忌;另一種就是初出茅廬的新鮮人,因為缺乏經驗而經常犯錯,偶爾連累到其他同事便會招來話柄。這次被欺凌的男女同事恰恰就是這兩種人,而因為該男同事與該女同事在辦公室時常表現親暱,便剛好為一直不滿他們的其他同事提供了一個很好的引子,將他們的一舉一動放到社交媒體的社工群組裡公審。當第一條訊息發佈後,督導主任立即召開會議,勸所有單位內的同事若有不滿可循機構程序投訴,放在網上確實不妥。雖然當時各同事均表示同意,但一星期過後男女當事人的事還是再多次被放上網絡。過後,督導主任宣佈兩人因為考慮到事件會影響個人在機構內的發展而自動辭職,其實說到底,兩人是抵受不住壓力及同事異樣的眼光。

這事件最諷刺的是，身為教育年輕人不要在網絡欺凌別人的社
工，卻成為了手執利劍隨意公審別人的人。而直到現在，那個網
上群組還是繼續每日充斥著大量發洩私人恩怨、是非的地方，
只是不知道還有多少個社工為了躲避輿論壓力而被逼辭職。

社工都是人，都有壓力與情緒，尤其在一筆過撥款底下，機構即
使財政充足，但為了有更多收入來源而大量申請一些非必要的
基金，以致各同事不僅要維持本身的直接服務，還要疲於奔命
應付行政工作。在過多的工作量及過長的工作時間底下，日積
月累的壓力便會爆煲，繼而發洩在別人的身上。其實，在不完
善的制度下，每一個社工都是受害者，都需要被安慰與輔導。

冷知識：

津貼及服務協議

《津貼及服務協議》（下稱《協議》）與《服務文件》乃社會
福利署（作為津助提供者）與服務營辦者的約束性文件，雙方須
遵守各服務類別的《協議》所訂要求。

這些文件列明了社會福利署對服務營辦者的責任及社會福利署
監察服務營辦者服務表現的角色、所提供的服務種類、服務表
現標準及資助基準。

資料來源：*https://www.swd.gov.hk/tc/index/site_ngo/page_
serviceper/sub_fundingand/*

社工定寫工？

有機構督導主任或總幹事擔心一筆過撥款後單位或機構不夠資金維持服務，往往不理會自身服務需要，總之一有基金推出，就會要同事去申請。

曾經有上司因為希望維繫與區議會的關係，要同事申請一個兩萬多元的區議會資助，不僅要遞交超過十版紙的活動申請書，還要完成一系列活動及達到一定人次，更甚的是要承諾舉辦頒獎禮作為活動結業禮。最後同事從年頭忙到年尾，還要在兩萬元有限資金底下提供服務，結果往往造成付出與收穫不成正比，累了同事之餘，服務使用者也未必得到最好的服務。

而最痛苦的莫過於在活動完結之後，還有一大疊單據須要整理及製作財政報告。若一些單據有問題，還要親身到區議會解釋或重新修改財政報告。現實是一個社工每個年度都至少負責三個活動，每到年尾幾個活動的結業禮日期相近，不但要完成活動，還要一次過應付幾個活動完結後過千張單據及厚厚的財政報告。

其實，大多同事只想花時間做個案，畢竟單是應付個案量已經分身不暇了。曾經有同事聯合起來建議督導主任減少申請不必

要的基金，但督導主任總會以諸多理由推搪。弄得同事因為忙於處理行政工作，被迫犧牲直接服務時間的下場。

而有時情況又會調轉，當抱著雄心壯志的心情清理堆積已久的文件，但常常就是一打開文件，便會有電話打來，有時是家人查詢、收症、查詢轉介、回覆社署或感化官的詢問，甚至是中心外面有突發事情發生需立即外出處理。結果一早編排好去完成文件工作的時間，便因為要處理直接服務而必須讓路。

然後，當發現中心安靜下來，沒有任何電話聲出現，抬頭看看時鐘原來已經六點，沒有人再打來是因為對方也已經下班了，而你看著枱面上一大堆須要完成的文件卻一項也未開始做，最後即使過了下班時間，但也必須留在辦公室繼續與文件苦戰。

所以每到月尾，中心裡面就會坐滿同事，每個人都忙於整理單據、寫個案紀錄、填寫每日工作日誌等等，埋頭苦幹完成大大小小各項行政工作。

久不久就會有同事忍不住大叫：「我哋究竟係社工定寫工？」

個案爭奪戰

○∽∽○

自二零零二年九月一日起，香港共有十六支由非政府機構營辦的地區青少年外展社會工作隊，照顧高危青少年的需要及處理童黨問題。地區青少年外展社會工作隊通過外展服務手法，接觸那些通常不大參與傳統社交或青少年活動，並且容易受不良影響的青少年，為他們提供輔導和指引。服務對象年齡由六至二十四歲，服務時間上午節為上午十時至下午一時，下午節為下午二時至六時。

自二零一三年一月一日起，新增三隊青少年外展隊於將軍澳、馬鞍山及東涌區投入服務，全港的青少年外展隊數目增至十九隊。

根據社會福利署的《津貼及服務協議》，在地區青少年外展隊提供服務的社工每年個案量大約有三十二到三十八個，同時亦要累積十六個新接觸的青少年，「新接觸」意思是過去從未接受過服務或被計算在中心的統計數字中。基於近年香港出生率持續下降及外展隊的數目有所增加，社工要滿足服務數字便變得相對較從前難度高了。

在這個原因底下，便出現了爭 Case（個案）的情況。

記得剛入職時，好心的資深同事便煞有介事地提醒，在落區認識青少年時要先詢問他們是否已有相熟的社工跟進或有否與社工接觸過，若兩者皆是，那麼最好在非必要的情況下不要介入太多，因為這些青年已是其他同事的個案或潛在個案，介入太多會惹來同事的不滿，引來爭奪個案的嫌疑。除非在緊急的情況底下，例如打鬥、夜歸甚或牽涉生命危險的事件需要即時作出介入，否則其他情況只需向負責社工報告該青少年的狀況就好。

但有時現實生活卻未必這麼理想，例如有些年輕人忘記了曾經接觸過的社工或他們與某些社工確實不熟，即使已詢問了他們，得到的答案都是否定的。當滿心歡喜以為可以繼續跟進下去而邀請青少年組群到中心打邊爐時，卻剛好被同事窺見。轉頭，同事便會拉你到角落，質問你何以帶她認識的年輕人參加活動。當你解釋一輪表示已向年輕人問清楚，她並不認識單位內其他同事時，同事瞪大雙眼一臉懷疑，這時你就知道，即使跳落黃河也洗不清了。慢慢地，便會開始在單位內流傳你搶別人個案、很拼搏等的閒言閒語，有時並不一定是當事人傳出來的，一些塘邊鶴也許會踩一腳湊個熱鬧。若未能改善風評，那麼久而久之就會在辦公室中建立了這樣的形象，其他同事就會開始處處提防。少了同事的幫忙及分享落區時觀察的情況，推進個案或組群工作便會顯得步步為艱辛。

而爭奪個案的情況並不止單純發生在同一個單位內，跨機構的爭奪戰有時更為激烈。

曾經旁觀過深宵外展服務隊同事與另一機構地區外展隊社工電話大戰，對方表示個案應該讓給日展隊跟進，而深宵隊只需在深宵時段提供危機介入服務就可。但同事強烈反對，認為對方與青少年沒有建立良好的關係，在青少年主動向自己求助的情況下，沒有不繼續跟進的理由。結果同事嘈得面紅耳赤，兩人各執一詞，一時之間未能達成共識。

久而久之，因為不想蹚一灘渾水，便會養成不爭的態度，獨自去尋找新的服務對象，避免一場腥風血雨的個案爭奪戰。

搵人輔導下我唔該

社福攻心計

○~~~~○

常說工作中最難應付的不是停滯不前有時甚或倒退的個案工作，也不是不願配合的家長或難以應付的官員、一大堆須要處理的行政工作或單據，最讓人心煩的其實是近在咫尺的辦公室政治。每一個單位裡面彷彿都會有一個喜歡說三道四的同事、一個懶惰兼逃避責任的資深同事、一個好大喜功的上司。最辛苦的是，上面這三類人有時並不止一個，而是聯群結隊湧上來。

之前提及過被同事在網上群組公審而被迫辭職的男女同事，這不過是成千上萬個是非的其中之一。在還沒有社交平台的年代，是非的流轉只局限在辦公室內及眾人的耳目裡，但自從有了社交媒體後，網上便成為了另一個戰場。它持著言論自由之名，讓人隨意在群組發佈訊息，而這些訊息無不是肆意的人身攻擊、未經核實的誹謗、抹黑。

例如有人因不滿單位上司的處事方法，便多次在群組裡鉅細無遺地訴說上司的不是，猶如月經般每月定必鬧上幾天。但其實抱怨文一直出現即代表問題尚未解決，倒不如循機構正規程序投訴，讓高層知道實況，起碼一旦投訴成立，機構定必要展開調查，或讓同事調單位、或讓這名上司自我檢討，問題才會得

到解決。網上審判除了宣洩了一己不滿,得到路過吃花生的一眾人士圍觀外,事實上對解決問題並不一定有很大裨益。

若單純指出工作上的缺失、機構的不合理情況等與服務有關的問題尚算恰當,起碼可以藉由討論,得出解決的方法,可是某些平台卻漸漸變成解決私人恩怨的工具。

曾經看過一篇是將某機構高層與非社工職員一同在商場出現描述為結伴行街、看電影,暗示兩人有忘年戀,又或敍述機構男高層專門向年輕女同事下手等桃色事件。倘若有實質證據,大可向機構投訴,遏止濫用職權等違反了機構及《社會工作者工作守則實務指引》的行為。這才能讓肇事者得到應有的懲罰,避免問題惡化,而一些循非正規程序的指控,若沒有證據的支撐,最終只會淪為誹謗。

有些人提出,一些事件即使循機構程序投訴,但最終不了了之,當事人也未受到相應的懲罰,放上網上平台只是無可奈何的做法。但每間機構成立的時間也不算短,定必有一套相對客觀及公平處理投訴的程序,若經過獨立事件委員會的調查後仍不足以將投訴成立,是否代表本身的證據不足呢?而且,即使未必得到如願以償的判決,但至少機構已白紙黑字記錄在案,至少對當事人也有些阻嚇力或是警惕。

在網上公審同事，除了讓當事人被網絡欺凌，承受壓力及來自網絡的批判，更非常損害同事之間的信任。因為將事件放在網上平台的大多數是同一單位的同事，當回到辦公室後，定必人人自危、處處防範，或猜測誰是兇手，讓單位內佈滿白色恐怖。一旦同事之間失卻了信任，工作起來定必事倍功半，最終受害的只是服務使用者。

其實，若愛搬弄是非的同事將花在揭別人黑幕的時間用在處理個案上，相信成效一定很高。

撳人輔導下我唔該

水土不服的內地教授

○∼∼∼∼○

大學排名是針對大學各項研究論文、教學、師資、服務、設施、成就表現、學術聲望等方面資料進行量化評估，再通過加權排序形成的結果。大學為競爭排名，往往會請很多研究及撰寫論文能力強的教授，每年投研究論文到學術期刊，務求取得更高的排名。在聘用的教授當中，十分巧合地以來自內地的佔了大多數。而這群內地教授，除了要進行研究工作外，多數要兼任教學工作。其他學科還好，教授本身擁有的專業理論與知識，可以照辦煮碗在課堂上教授；但社會工作是一個特別的學科，是對人的服務，教學上必須結合本港的社會現象、福利發展等特性，向學生灌輸兼備理論與實踐的知識，那學生在畢業後投身服務當中，才能將學過的知識轉化為實務技巧。

然而，教授社工課程的內地教授，雖然大多擁有外國一流學府的博士學位，但由於從未在香港社福機構擔任前線工作，甚或剛來港任教，對香港的社會環境及社會福利發展變遷缺乏認識，結果在教學上便落得紙上談兵，甚至不倫不類。

回想大學的最後一年，有一個科目忽然換上一位內地教授任教，而這課的內容是在畢業前幫助學生總結三年已學的知識及認識香港各類福利機構及服務，為學生在畢業前做好準備。記得當

時每堂會邀請同學分享自己實習機構的架構、提供的服務、特性、服務的對象等等資訊，同時也要分析該服務在香港社會當中的作用、前景及需要改進的地方。結果，當第一個同學分享完畢後，理應先由教授評價，但礙於這位是剛在香港任教的教授，她便只能邀請旁聽的同學評論，最後只能做出無關痛癢的總結。那堂之後，班上的同學都很失望，因為在畢業前總是帶著對就業的擔憂、對選擇服務的疑惑，總希望有經驗的人可以提供指導與分析，但身為教授級的老師，卻完全未能提供任何實務技巧及相應的社會服務資訊。

大學教育不是一般商品，不能用單一數字去評定質素，偏偏這些綜合性排名卻對大學最難以評鑑但舉足輕重的教育理念及特色視而不見，反成為主導大學發展方向的牽制。一旦院校沉溺於追逐排名，盡力迎合排名各項指標，如盲目催谷論文出版量及引用量，變相讓排名左右大學運作，犧牲了實質的教學質素，成為一所徒具名氣卻只是職業製造所的工場。

大學理應深思為何自身的教育使命及表現敵不過冰冷的排名，與其本末倒置地用錢堆砌虛名，還不如做好本分，在師資及教學內容上進步，做一所名符其實的大學。

被釘牌的社工

◦◦◦◦◦◦◦

在修畢大專院校的社工課程並成功畢業後，還未可以對外宣稱自己為一名社會工作者，因為根據《社會工作者註冊條例》，任何不在註冊紀錄冊的人士，都不可使用「社會工作者」或「社工」的名銜，否則即屬犯罪。若發現有人訛稱自己是社工，可選擇以書面方式通知社會工作者註冊局，局方會視乎事件詳情而跟進。若認為情況輕微，局方會向涉事者作出勸喻，提醒他不要再犯。若情況嚴重，則會考慮交由警方處理，或市民亦可直接報警，交由警方跟進。

早年前立法會議員黃成智便因雖擁有註冊社工身分，但因未有續期，故於二零零八年立法會選舉期間已非註冊社工，卻在選舉中的候選人簡介內填寫其職業為「社會工作者」，涉虛報職業，並有觸犯刑事罪行條例之嫌。醜聞被揭發後，社工註冊局共接獲數十名市民投訴，經過一輪內部紀律聆訊後，決定註銷黃成智的社工註冊半年，並於二零一零年初向他發出「停牌」通知信。

虛報自己擁有社工身分，是其中一個會被停牌的原因，而另一個原因就是牽涉在刑事案件中。

若社工被捕及被檢控而不通知社工註冊局，局方可以對方不誠實而不續牌。局方會獨立處理每宗投訴，有時毋須等待刑事審訊完結也可進行紀律聆訊，兩者可同時進行。而即使社工在刑事審訊中脫罪，亦有機會被社工註冊局釘牌。例如原是註冊社工的私營殘疾人士院舍「康橋之家」前院長張健華涉嫌性侵智障女院友，因女院友無法作供而獲撤控，但社會工作者註冊局仍把張建華永久釘牌。

因為根據《社會工作者工作守則實務指引》，在任何情況下，不論是經雙方同意或以強迫方式，社工不應與服務對象進行任何涉及性的活動或性接觸，社工亦不應為過去曾與其本人有性關係的人士提供臨床服務。

即使不是服務使用者，根據《社會工作者工作守則實務指引》，作為督導或培訓者的社工，也不應與在其專業權力下督導的下屬、學生或受訓學員，進行任何涉及性的活動或性接觸。早前香港青年協會前督導主任、中文大學社會工作學系前兼職講師鄧惠雄，便被指於二零零七年在中大一項計劃擔任「學長（Mentor）」時，涉與女學員（Mentee）多次發生性行為，即使學員畢業後拒絕，鄧仍繼續作出纏擾，並涉違反社工工作守則。女學員早前向社工註冊局投訴鄧專業失當，社會工作註冊局便召開紀律聆訊，若投訴成立，便要面臨限期或永久註銷社工資格的懲罰。

其實，香港警務處於二零一一年十二月一日推行性罪行定罪紀錄查核機制，讓聘請僱員從事與兒童有關工作及與精神上無行為能力人士有關工作的僱主，得以查核合資格申請人有否任何附錄所載指明列表中的性罪行方面的刑事定罪紀錄。此機制目的是幫助僱主評定合資格申請人是否適合擔任與兒童或精神上無行為能力人士有關的工作，並加強保護兒童及精神上無行為能力人士，使他們免受性侵犯。

搵人輔導下我唔該

社工可以解決所有社會問題？

七歲女童遭母親疏忽照顧致成植物人案，涉案母親王榮汶被判囚十五年三個月。事件引發社會莫大的關注，各界紛紛提出防止悲劇重演的建議，有人更把矛頭指向社會福利署及學校，要兩者負起舉報的責任。

家庭議會主席石丹理則認為，可考慮設立強制舉報機制，規定老師要將懷疑被虐學生通報予學校及教育局，以便及早發現虐兒個案。女童就讀的幼稚園也不斷被媒體質問，是否一早已經發現陳瑞臨身上的傷痕，學校有否「視而不見」？言下之意，是沒有盡力阻止慘劇發生。

發生這些不幸事件，學校和社工要負上多大責任？把矛頭指向他們，是否就真的可以解決最基本的問題？虐兒家暴，真正要負責的，其實是孩童的家長，是他們疏於照顧、逃避責任，沒有盡父母的天職。強制舉報只是在問題發生後去亡羊補牢，但真正出問題的其實是家庭本身。正所謂防範於未然，應該從虐兒個案的家庭入手。

可是在最近發生的虐兒事件中，社會各界別並沒有正視問題成因，了解目前香港家庭面對的問題，然後對症下藥提出政策解

決。虐兒問題，其實是家庭問題的其中一環。女童陳瑞臨和其他一些懷疑受虐的兒童，都是來自複雜的家庭。跟陳瑞臨一同居住的父母，都曾經離異，經濟情況極度拮据。家庭在社會中擔當著相當重要的角色，包括經濟（例如家庭式企業、小商戶或小工廠）、保護（家庭成員互相照應）、教育（父母充當補習教師）、感情（家人之間互愛互助產生的安全感）等等。劉兆佳教授提出的「功利家庭主義」（Utilitarianistic familism），更指香港的家庭除了在經濟和民生擔當舉足輕重的角色外，還發揮了穩定社會的作用。

可是，這種家庭功能已經漸漸減弱，近十年來不少研究報告均顯示，傳統的家庭結構、家庭功能和家庭發揮的正面作用大不如前，甚至瀕臨瓦解，情況令人擔憂。

香港社會服務聯會在二零一二年十二月發表的《香港家庭及社區服務概況》報告，對香港家庭結構出現的轉變有詳細描述，包括：「核心家庭的每戶平均人數下降（2011 年全港人口 707 萬，共 237 萬戶家庭，每戶平均人口由 1991 年的 3.4 人，下降至 2011 年的 2.9 人）；離婚數字急升（2011 年為 19,597 宗，到現在幾乎是 3 宗婚姻之中就會有一對離異）；單親家庭則由 1991 年的 34,538 戶，大增至 2011 年的 81,705 戶，20 年間升幅逾一倍；跨境婚姻及家庭上升（1986 年為 782 宗，2011 年為 20,488 宗，佔全港登記結婚數目的 35.1%）。」

數字反映了香港家庭變化出現新的現象，隨之產生了新的問題。而社聯制定的「家庭團結分類指數」持續倒退，從二零零四年的「-215」，下跌至二零一零年的「-309」。此外家庭暴力事件大幅上升，其中虐兒個案佔整體家暴的百分之三十五（二零一一年），除了顯示香港家庭的團結度大大減少，有些家庭不但保護不了幼兒，更為他們帶來不可磨滅的傷害。

從前家庭為香港經濟起飛奠定了堅實的基礎，可悲的是現在家庭卻是不少社會問題的根源。但是近年政府施政報告卻鮮有討論香港的家庭問題，最近一次也許是二千年施政報告，當年社福界列出了幾類要支援的家庭，包括受經濟拖累（低收入、失業或開工不足）、受社會環境因素影響（在內地工作造成分隔家庭、婚外情，在新發展區居住又缺乏支援）、有特別需要（新來港家庭、單親家庭、精神病患、殘障及老弱人士的家庭）、有高危子女（無心向學、濫藥、童黨、離家出走等）。陳瑞臨事件就是來自上述這些問題家庭。政府應向他們提供支援，或在社區內安排可以疏導或短暫庇護的地方，而不是向前線教師或社工增加強制報告的責任。

陳方安生任社會福利署長時，發生了破門入屋「拯救」郭亞女事件，當時輿論嘩然，認為做法不當，是濫用權力。及後政府的《郭亞女事件報告書》建議以後社署應該儘量避免破門入屋，相同的處理手法以後也沒有發生過。回想當年的民情，認為政

府過度介入、拆散兩母女的處理手法太過分，不近人情。同樣地，若要求學校或社工強制舉報，是否也會導致學校及社工過度介入，破壞學校和家長的關係，也令學校增加了更多壓力？

有問題的家庭需要的是協助，把責任強加在其他人身上，拯救不了有問題的家庭，也拯救不了無助的小孩。

我係社工，搵人輔導下我唔該

～～～～

做個案工作最孤寂、最無力亦最傷感的地方是：終歸發現有些個案、有些生命，縱然你已盡一切努力方法去嘗試改變，對於他們的苦痛的惡化，你是無力制止亦無力緩減，你只能眼白白的見證他們的情況重重複複地跌入萬劫不復的景況。

你只是其中一位見證人。

最無力的是看著那些被打得體無完膚但在醫院一日就回家重投虐打者懷抱的婦女、那些被利用甚至被頂罪仍相信「大佬」的年青人、那些因毒品失去一切仍無法戒毒的吸毒者、那些被男友利用仍千依百順的少女、那些被有賭癮兒子害到傾家蕩產仍為他向高利貸借錢的父母一步一步失去自己。你知道他們的脆弱，亦在他們最危機的時候伸出援手，可是你無法阻止他們重投令他們萬劫不復的困境，縱然你再聲嘶力竭，仍是無能為力。

最傷感的是一切在你預計之中，即是你最不想見到的情況發生：被虐者有永久傷殘、年青人被判十年八載、吸毒者吸食過量而身亡、少女被迫出賣身體、父母被迫出精神狀況更要流浪街頭，傷感的是你知道有些創傷是不能逆轉。

最孤寂的是你難以向人傾訴你的傷感與無力。身邊的人是關心你，但「唔好咁上心啦」、「你盡晒力啦」的安慰說辭無法令你釋懷。「唔上心？」是不可能的，人心肉做何以能無動於衷。「盡晒力？」你時刻質疑自己是否已盡一切努力，因為真正盡力的人，總是認為自己可更盡力。

當然你無法停下來傷感，因為每一天都有做不完的事情。你只能在每天放工回家的途中，想起每一個你無能為力的個案。

社工許多時候需要為服務使用者提供情緒支援，但我們自己的情緒，又有誰會關顧和理解呢？

社工經常都要處理突發危機，做邊緣青少年外展的，個案自殺、墮胎、過量吸毒、打架等問題十常八九；做精神復康的，案主情緒不穩鬧自殺也是常有的事；老人服務也要面對服務使用者離世等問題；即使相對穩定的家庭服務，也很大機會須要調解家庭糾紛或家暴。

當我們面對突發危機，運用社工的專業知識與技巧冷靜處理完畢後，有時自己的情緒也會浮現出來。

我們或許會為案主感到傷心、難過，或許會愧疚自己的不足，不斷反思自己的決定是否最為妥當。

這時，我們的內心都極需要被安撫，希望得到安慰與理解。

但是迫於現實，我們多數都要立即投入到其他個案工作或文件處理中，沒有一絲空間喘息和穩定自己的情緒。更遑論向同事、上司分享，獲取分析與支持了。

許多時候，我們都是硬撐過去的。

社工也是人，即使受過專業訓練，面對危機，我們也會怯、會緊張、會焦慮，事情過後，我們都需要時間去緩和、去冷靜，才能有更好狀態投入到服務中。

希望有天，機構的管理層能夠更愛惜我們這班承載生命的社工，而非只視我們為跑個案跑計劃的工具。

後記

話說，在機緣巧合下寫了這個有關社工不同面向的專頁，由於正職工作太過繁忙，足足拖了編輯一年稿。說起來，做了社工不過一段小時間，在每天的工作中總有很多的感受、啟發及值得記錄的事，但到了真的要落筆書寫社工的時候，卻又覺得難以言喻。

寫這個專頁最大的難度，在於對自己的懷疑：到底我是否能代表全部社工呢？當然不能，我們兩位作者都只是社福界的小薯粒，根本不可以代表任何一位社工。因此即使編輯建議了很多不同的題材，我不是不同意，卻又無力寫出來。甚至寫到一半的時間，總是想放棄不再寫了。

某程度上令我堅持繼續寫的原因是：我不願讓把「個案當成西客」的論述變成書寫社工的主流，因為責難個案是我作為社工最不願做的事。

我看過某一個書寫社工的專頁，它會將個案對他們的不信任全然歸咎於個案、別人對社工的信任看成負面、甚至會認為個案不應在剛開工或將近放工的時間找他們傾訴。這種把個案的表面行為簡化、忽略個案所面對的困境，甚至把「個案當成西客」

般恥笑或指責等，或許可以得到一部分同行的共鳴，但我總覺得在過程會或多或少失去了一些社工一路以來堅守的價值。

舉例講，如果個案不是信任社工、如果不是遇到無法解決的困難或苦悶，又何故要晨早流流九點就打電話給社工呢？責怪或恥笑個案求助的行為，又會否失去了我們社工應有的同理心甚至是助人者價值呢？沒有助人者價值的社工，究竟又是否真的是一位社工呢？

我當然同意社工會面對形形式式的困難，亦有很多難以言喻的辛酸；但我實在不願見到把社工面對的困境歸咎於個案，而非各種非人性的政策及無良的管理層。

因為每一個個案、每一個服務使用者及每一個街坊，才是社會服務中的主角。一個社會服務，無論是家庭、長者、兒童、社區、青少年、違法者及無之不盡的社會服務，沒有個案、沒有服務使用者，根本不能稱之為社會服務。我們社工，本來就是來服務甚至服侍這班有需要或是在苦難中的人。失去這些助人者價值，即使輔導、實務或寫基金等的技巧再高，可能都難以做到社工這份工作。

但我又好明白，如果長時間社工的前線工作不是被評價的重心、機制上上司對社工完全沒有同理心、以找錯處的方式去衡量社

工，加上在如此惡劣的環境下，要社工們對個案保持同理心、助人者的愛心，可能是一件不人道的事情。

所以，我希望繼續把這些狀況寫出來，在我們完全失去社工價值之前，去嘗試作最後的掙扎。

陳潔潔

作者：蘇珍珍、陳潔潔

出版經理：Fokaren

編輯：Wai Yui

助理編輯：Alston Wu、Yuri Yau

校對：Janis Chow、Minami、Tai Chun Wa

美術總監：Rogerger Ng

書籍設計：Billy Chan

排版助理：Kest Cheung

插畫：Hiko

出版：白卷出版社

　　　黑紙有限公司

　　　新界葵涌大圓街 11-13 號同珍工業大廈 B 座 1 樓 5 室

網址：www.whitepaper.com.hk

電郵：email@whitepaper.com.hk

發行：泛華發行代理有限公司

電郵：gccd@singtaonewscorp.com

版次：2019 年 7 月　初版

　　　2019 年 8 月　第二版

ISBN：978-988-79044-0-3